犬を飼《か》ったら、
大さわぎ！
2

トラブルメーカーのブルドッグ？

PET TROUBLE

トゥイ・T・サザーランド 作
相良倫子 訳

この本をレベッカとエリーに捧《ささ》げます

Published by arrangement with Scholastic Inc., 557 Broadway,
New York, NY 10012, USA,
through Japan UNI Agency, Inc., Tokyo

犬を飼《か》ったら、大さわぎ！２

トラブルメーカーのブルドッグ？

1

「リー先生。先生のうちは、いつ犬を飼《か》うんですか？」親友のパーカーがきいた。

「ほんとだよ。ねえ、おかあさん、なんでうちは犬を飼《か》わないの？」と、ぼく。

きっとあのとき、パーカーには未来《みらい》が見えていたんだ。超能力《ちょうのうりょく》を持ってるとしか思えない。もちろん、ぼくらの小六のクラスの女子、ケイデンスのうそっぽい超能《ちょうのう》力《りょく》とはちがう。ケイデンスは、「宇宙《うちゅう》の波動を感じる」とか、そんなことばかりいっているから。

パーカーは、あいつがそとでぼくを待っていることをほんとうに感じとっていたんだと思う。まるで魔法《まほう》みたいに……。

ぼくも、リー先生、つまりおかあさんも、その日をいつもと変《か》わらないふつうの月曜日だと思っていた。

　ぼくは、パーカーとパーカーのおとうさんといっしょに、おかあさんの職場《しょくば》の「ワンニャン動物病院」にいた。おかあさんは獣医《じゅうい》なんだ。ぼくはしょっちゅう遊びにきて、入院している犬を見せてもらう。それに、ここならマーシーおねえちゃんとフェイスおねえちゃんに会うこともないから安心だ。でも、うちで飼《か》っている二ひきのネコたちが病気になったときなんかは連《つ》れてくるから、油断《ゆだん》はできないけどね。

マーシーとフェイスはふたごで、十六歳《さい》だ。いつも機嫌《きげん》が悪くて、ものすごくいじわるだから、できるだけ近よらないようにしている。ふたりとも、ゆですぎたカブとか、冬休み明けの学校と同じくらい、ぼくのことをきらっているんだ。

　動物病院はとてもきれいで、床《ゆか》は、白いすべすべのタイル張《ば》り。壁《かべ》は空色とお日さまみたいな黄色で、額縁《がくぶち》に入った犬やネコのポスターがいくつもかざってある。ほとんどのポスターには、「一生、愛犬《あいけん》の期待にこたえます」とか「犬は人のしもべ、ネコは人の主《あるじ》」とか、おもしろい文章が書いてある。ぼくのお気に入りは、黒い大型犬のラブラドールレトリバーが前足でパソコンのキーボードをたたいているやつだ。その目はじっとこっちを見つめていて、「予約《よやく》はとってあるかね？　わたしはいそがしいのでね」といっているみたいに見える。

受付《うけつけ》の時間《じかん》は終わっていて、病院にはぼくたちしかいなかった。鼻にピアスをしている、受付《うけつけ》のキャシーさんは、もう帰ってしまった。いい人だけど、いつもものすごくたいくつそうに仕事をしているのがふしぎでたまらない。一日じゅう犬を見ていられたら、それだけで楽しいよね？

ぼくは、おかあさんの診察室《しんさつしつ》にあるパソコンのスクリーンセーバー*の設定《せってい》をいじっていた。パーカーは、最近《さいきん》マーリンという名前のゴールデンレトリバーを飼《か》いはじめ、この日は、パーカーのおとうさんといっしょに健康診断《けんこうしんだん》に連《つ》れてきていた。

おかあさんは手慣《てな》れたようすで、マーリンの歯を診《み》てチッチッと舌打《したう》ちしたり、おしりの穴《あな》に体温計をつっこんだりしていた。かわいそうなマーリン！　こんなにいやなことって、そうそうないんじゃないかな。一月のこごえるような寒さのなか、そとでおしっこしなきゃいけないのと同じくらい最悪《さいあく》だと思う。

＊パソコンの電源《でんげん》が入っていても使っていないときに画面にうつる画像《がぞう》やアニメーション

パーカーは、ダニーとトロイとならぶ、ぼくの親友だ。パーカーのうちにマーリンがやってきたのは、新年度が始まるちょっと前の八月。マーリンは、とにかくかっこいい。たくさんの犬を見ているおかあさんもかっこいいっていうんだから、まちがいない。パーカーはじょうだんまじりに、「うんざりさせられることもあるぞ」なんていうけれど、ほんとうはマーリンを*アーサー王の生まれ変《か》わりだとでも思っているんじゃないかな。パーカーは遊ぶとき、いつもマーリンを連《つ》れてくる。ぼくもダニーもトロイも、犬を飼《か》いたいくらいだから、いやだと思ったことはない。というか、マーリンみたいな犬なら大歓迎《だいかんげい》だ。

おかあさんがいった。

「どうして犬を飼《か》わないのかって？　だってエリック、うちにはもうオデュッセウスとアリアドネがいるでしょう」

いつもと同じ答えだ。だからぼくも、いつもと同じように返す。

「おかあさん、あの二ひきはネコだよ。しかも、ものすごくいじわるだよね。それって、『うちにはピラニアが二ひきいるから、ゲーム機《き》はいらないでしょう』っていってるようなものだよ」

パーカーが、プッとふきだした。ぼくの家にしょっちゅう遊びにきてるから、ネコたちがどんなにいじわるか、知っているんだ。パーカーは、我《わ》が家《や》のキッチンでうっかりツナサンドを食べてしまったことがあって、それからというもの、いつも二ひきにうらめしげな目つきでつけまわされている。オデュッセウスもアリアドネも、ツナはじぶんたちの食べものだと思っているからね。

「おだやかなネコもいるわよ」おかあさんは、ペンライトでマーリンの耳のなかを見ながらいった。

マーリンは、ステンレスの診察台《しんさつだい》の上でおすわりをし、とまどった顔をしていた。飛《と》びおりたいみたいで、なんども台のはしから下をのぞいている。

パーカーは、診察台《しんさつだい》をはさんでおかあさんの反対側《はんたいがわ》にいて、マーリンがにげないように首輪《くびわ》をしっかりとおさえていた。というのも、マーリンには、ひとつだけ欠点《けってん》が

＊五〜六世紀《せいき》に存在《そんざい》したと伝《つた》えられているイギリスの英雄《えいゆう》。十五歳《さい》のときに、引《ひ》きぬいた者が王になる剣《けん》を岩から引きぬき、巨人退治《きょじんたいじ》やローマ遠征《えんせい》など様ざまな戦《たたか》いをしたとされる

あって、マジシャンのフーディーニ*顔負けの脱走《だっそう》の名人なんだ。脱走《だっそう》するのは、いつだってパーカーのもとへ行くためなので、病院からにげだす心配はないはずだけど。

ぼくは、おかあさんにいった。

「たいていのネコはおだやかだけどさ」

動物病院にやってくるネコは、みんなとてもいい子だ。ぼくのいとこの飼《か》っているガーゲンっていう名前の子ネコだって、ものすごくかわいくて、遊んでやったりなでてやったりするとよろこぶし、犬みたいにおもしろい。野球部のチームメイトの飼《か》っている、レヴィという名前のでっぷりとした白いペルシャネコも、一見つんとしているけれど、なでてやるとゴロゴロとうれしそうに喉《のど》を鳴らす。そういえば、同じクラスのレベッカも大のネコ好《ず》きだ。会ったことはないけれど、あのレベッカの飼《か》っているネコがいじわるなわけがない。

うちのオデュッセウスとアリアドネも、やさしく喉《のど》を鳴らすような、人なつっこいネコだったらよかったのに……。

うちのネコたちは、ぼくのことを目のかたきにしている。二ひきとも、高いところからぼくをにらみつけるのが大好《だいす》きで、そのいじわるな目つきは、おねえちゃんたちにそっくりだ。うっかり近づいたりすると、するどい爪《つめ》で引っかいてくるし、部屋のドアはしめておかないと、勝手に入ってきてベッドの上でおしっこをする。ひどいよね？

ぼくがなにをしたっていうんだろう。しっぽを引っぱったこともないし、おふろ場にとじこめたこともない。エイブリーみたいないじめっ子がやるようなことは、なにひとつしていないのに。ぼくをツナどろぼうのなかまだとでも思っているのかな。それとも、ぼくの体から犬がほしくてたまらないにおいがして、気に食わないのかな。

パーカーが、パーカーのおとうさんにいった。

「そういえば、ダニーの家も犬を飼《か》ったんだよ」

ふたりは、ちょっとしたしぐさがよく似《こ》ている。心配そうにおでこにしわを寄《よ》せるところとか、口げんかを終わらせたいときに肩《かた》をすくめるところとか。

「ほんとうか？　いつ？」パーカーのおとうさんがきく。

＊ハリー・フーディーニ（一八七四〜一九二六）。アメリカで「脱出王《だっしゅつおう》」ともよばれるマジシャン

パーカーは、マーリンの耳のうしろをかきながらいった。

「さあ。おととい知ったんだ。公園で子犬を連《つ》れているダニーの妹にぐうぜん会ってさ」

ぼくは、パーカーのおとうさんにいった。

「はずかしくていえなかったみたいです。ほんとうはゴールデンレトリバーを飼《か》いたかったけど、トイプードルを飼《か》うことになったから。でも、ものすごくかわいいんですよ」それから、椅子《いす》をくるくる回しながらおかあさんにいった。「ねえ、おかあさん、小さい犬でもかまわないから、うちも飼《か》おうよ」

おかあさんは、椅子《いす》の背《せ》もたれをつかんでいった。

「パソコンを使うから、どいてちょうだい。請求書《せいきゅうしょ》と処方箋《しょほうせん》を出さなくちゃ」

こんなふうに、おかあさんは話をそらすのがうまい。ぼくは、一年くらい前から犬がほしいといっていて、パーカーがマーリンを飼《か》いはじめてからは、毎日のようにいいつづけている。

おかあさんは椅子《いす》にすわると、ぼくが変《か》えたスクリーンセーバーに眉《まゆ》をひそめた。

パソコンの画面をフーディーニの名言が横切る。

〈どんなに強い歯をしていても、わたしのマネをして熱《ねっ》した鉄をかみきろうなどと思うな〉

「ええっと、いいアドバイスね」と、おかあさん。

「ネットで見つけた」

ぼくは、フーディーニが大好《だいす》きなんだ。あれほど勇敢《ゆうかん》なマジシャンは、あとにも先にもいないと思う。おおぜいの観客《かんきゃく》の前に立つだけでもおそろしいはずなのに、体じゅうにくさりをまいて湖に飛《と》びこむなんて。

おかあさんは、パソコンのファイルをクリックしていった。

「ふーん。でも帰る前に、もとにもどしておいてね。飼《か》い主《ぬし》さんたちがこれを見たら、おかあさんは変《へん》な人だと思われるわ」

「うん。でもぼくは、犬の写真がつぎからつぎへと出てくるスクリーンセーバーを見たくないんだよ。ほしくてたまらないのに飼《か》えないいんだもん」

「いつか飼《か》いましょう。『この子だ！』って犬に出会えたらね」おかあさんが、腕時《うでど》計《けい》をちらりと見る。「さてと、病院の入り口の札《ふだ》を引っくりかえして、『診療終了《しんりょうしゅうりょう》』にしてきてくれる？　そとから緊急連絡先《きんきゅうれんらくさき》が見えるようにしておいてね」

「はーい」入り口へむかう前にマーリンの頭をぽんぽんとたたくと、マーリンは、ぼくの手をぺろりとなめた。

ろうかに出ても、おかあさんの声は聞こえてきた。パーカーとおとうさんに寄生《きせい》虫予防《ちゅうよぼう》の薬の説明《せつめい》をしている。待合室では、プラスチック製《せい》の紺色《こんいろ》の椅子《いす》の上に動物の雑誌《ざっし》が二冊《さつ》、置《お》きっぱなしになっていた。もとの場所にもどして、サイドテーブルの位置《いち》をととのえていたら、床《ゆか》に犬用のビスケットがふたつ落ちているのに気がついた。飼《か》い主《ぬし》が、椅子《いす》から立ちあがったときにでも落としちゃったのかな？　あとでマーリンにあげようと、ひろってジャンパーの内側《うちがわ》の胸《むね》のポケットにつっこんだ。犬というのは、床《ゆか》に落ちた食べものだってよろこんで食べるから。

ぼくは、ドアをあけてガラス張《ば》りのエントランスに出た。エントランスにはドアがふたつあって、ひとつはそとに、もうひとつはとなりのペットショップにつながっている。ペットショップは、もうしまっていた。そろそろ夕飯《ゆうはん》の時間だ。ガラス越《ご》しにそとを見ると、雨がザーザーふっていて、暗くなりかけていた。いまは九月下旬《げじゅん》、日がだんだん短くなってもうすぐ冬って感じのこの時期になると、ぼくは、なぜだかわくわくする。変《か》わっているかもしれないけれど、冬が大好《だいす》きなんだ。雨より雪のほうがいい。

大つぶの雨がガラスをたたきつけている。ぼくは、そとに出るドアに近づくと、内側にかかっている札《ふだ》を「診療終了《しんりょうしゅうりょう》」にした。

そして、ふと下を見てびっくりした。

ドアのそとに、犬がいたんだ！

2

ぼくは、ガラスのドアに顔をおしつけ、目をこらした。すぐそとにすわっているのはブルドッグだ。ぼくが見つめると、ブルドッグも見つめかえしてきた。

こんなにしょぼくれた顔をした犬は見たことがなかった。「しょぼくれた」なんておかしな言い方かもしれないけれど、犬の顔を見た瞬間《しゅんかん》、頭にうかんだことばだ。「かなしそう」も「さみしそう」も、ちょっとちがう。ほんとうにしょぼくれて見えたんだ。

こげ茶色の小さな耳は、だらりとさがっていた。がっしりした肩《かた》も、さがっていた。ほっぺたも、さがっていた。おでこにはしわが寄《よ》っていて、なんだか不安《ふあん》そうだ。こげ茶色のぎょろっとした目は、こういっているみたいだった。おいらはどうしてこんなにぬれてるんだ？　どうしてひとりぼっちなんだ？　捨《す》てられたのか？　どうして……どうして……こんなにびしょぬれなんだ！

散歩中《さんぽちゅう》に飼《か》い主《ぬし》とはぐれてしまったのかもしれないと思ったけれど、赤いリードがドアの取っ手にむすびつけてあるのにすぐ気がついた。

走っていっておかあさんをよんでこないと。でも、こんなどしゃぶりのなか、あと一秒だってほうっておけない！　ぼくは待合室へつながるドアをあけ、声をかぎりに「おかあさん！」とさけんでから、入り口のドアをあけてそとに出た。

ブルドッグは、背筋《せすじ》をほんのすこしのばし、期待いっぱいの目でぼくを見あげた。茶と白のまじった首の毛が、ぬれてトゲのようにつんつんと立っている。リードがぬれているせいで指先がすべって、なかなか結《むす》び目《め》がほどけない。おかげで、ぼくもずぶぬれになってしまった。ようやくリードがほどけると、ぼくはまた入り口のドアをあけ、犬を手まねきしながらいった。

「ほら、入って」

ブルドッグが、ものすごいいきおいで飛《と》びこんできて、ぼくは、おしたおされそうになった。ブルドッグは、水をふりはらおうと、ブルブルと体をふった。たるんだほっぺたがタプタプとゆれる。水しぶきが飛《と》んできたけど、すでにずぶぬれだったから気にならなかった。一歩足をふみかえるたび、スニーカーがキュッキュッと音を立てる。ぼくは、シャツのすそをしぼった。

フゴフゴという鼻息が、エントランスにひびく。ブルドッグは、大きな目をうるうるさせて、ぼくを見あげた。信《しん》じてるよ、といっているみたいだ。診察中《しんさつちゅう》に、かわいい犬が同じような目でおかあさんを見つめていることがよくある。その注射器《ちゅうしゃき》をしまってください、といってるんだろうな。このブルドッグも、かわいげな顔をすれば助けてもらえると思っているのかもしれない。

そのとき、首輪《くびわ》の下のほうに小さな紙がはさんであるのに気がついた。しゃがんで手をのばすと、犬は近づいてきて頭をぼくの手におしつけた。耳のうしろをやさしくかいてやってから、たるんだあごのほうに手をずらしていき、紙きれをサッとぬきとる。つぎの瞬間《しゅんかん》、ぼくはブルドッグに頭突《ずつ》きされ、しりもちをついた。犬は、すぐさまぼくのひざに前足をかけて、あごをなめようとした。

ついニ日前に公園で、ダニーの犬のボタンもぼくのひざにのってきた。ボタンはまだ子犬で、大きさも重さも野球のボール二個分《こぶん》ほどしかなかった。だけどこのブルドッグは、ひかえめにいっても太りすぎで、ずっしりと重く、ぼくと同じくらい体重があるような気がした。いきなり白い大きな前足をぼくの胸《むね》にかけ、巨大《きょだい》なピンク色の舌《した》でベロ――――ンと顔をなめてきた。舌《した》はちょっとざらっとしている。

おしのけようとしたけれど、ブルドッグは全力でぼくに、ありがとうという気持ちを伝《つた》えてきた。雨宿りできたのが、よっぽどうれしいんだろう。ずんぐりした体のうしろにある、切り株《きかぶ》みたいに太くて短いしっぽをちぎれるほどふっている。お礼に顔をなめさせてくれよ、ほかにしてもらいたいことはないか？ といっているみたいだ。

もう一度ベローンとなめられ、ぼくは、たまらなくなってさけんだ。

「わかった、わかったってば。気持ちは、よくわかったから！」

そのとき、おかあさんがエントランスに出てきた。

「エリック、よんだ？ まあ！」

ぼくのひざの上に足をかけているブルドッグを見て、おかあさんは口をぽかんとあけ、目を丸くした。ブルドッグも、あらい息をしながら、おかあさんを見あげる。その顔は、にんまりと笑《わら》っているみたいだ。ぼくのてのひらほどある大きな舌《した》が、出たり引っこんだりしている。ベロン、ハアハア、ベロン、ハアハア、ベロン、ハアハア。

「エリック！　この子……どういうこと……？」おかあさんは、ブルドッグを指さしながらしどろもどろにいった。

「どしゃぶりなのに、そとにいたんだよ。リードがドアの取っ手にしばってあったんだ」

「ひどい」おかあさんは、おこったような声でいった。

「でしょ？　どしゃぶりなのに」ぼくは、もう一度いった。

パーカーとパーカーのおとうさんも、マーリンを連《つ》れてエントランスに出てきて、おかあさんのうしろからこっちを見た。マーリンは、ブルドッグを見て目をかがやかせたけど、パーカーがおさえたので前には出てこなかった。

「メモがついてた」ぼくは、よだれをたらしている犬をおさえながら、紙きれをおかあさんにわたした。

おかあさんは、ひらきながらいった。

「鑑札《かんさつ》を確認《かくにん》してちょうだい」

ブルドッグのばかでかい頭をおさえて、首にうもれているかざりけのない黒い首輪《くびわ》を確認《かくにん》すると、犬の骨《ほね》の形をした銀色の札《ふだ》がひとつだけついていて、「ミートボール」と書いてあった。

「ミートボールって名前なの？」と、ぼくは犬にきいてみた。

犬は、ぬれた顔をぼくのあごの下におしつけ、フゴフゴと鼻を鳴らした。きっと、そうだよ、といっているんだ。

「ミートボールをよろしくおねがいします。うちではもう飼《か》えません」おかあさんは、メモを読みあげ、まいったというふうに両手をあげた。「飼《か》い主《ぬし》の名前なんか、書いてあるわけないわよね。見つけだして、文句《もんく》をいってやることもできないわ。かわいそうに……。子犬のころはかわいかったんだろうけど、まさかこんなに大きくなるとは思わなかったんでしょうね」

ちょうどミートボールが、ぼくの耳元でフゴゴゴ――と大きく鼻を鳴らしたので、ぼくはつけくわえた。

「それに、まさかこんなにうるさくなるとはね」

パーカーのおとうさんがいった。

「しかし、どうして動物の保護施設《ほごしせつ》ではなく、ここに置《お》いていったんでしょうね。この犬に見《み》おぼえはありますか？」

おかあさんは、首を横にふっていった。

「いいえ。今年は、ブルドッグは一度も診察《しんさつ》していません。車でほかの町から連《つ》れてこられたのかも。そういえばこの前、獣医《じゅうい》の知り合いが、病院に犬が置《お》き去《ざ》りにされていたって話していました。獣医《じゅうい》なら、なんとかしてくれると思うんでしょうね」

「しかも、よろこんでね」パーカーがいった。

ミートボールは、ぼくのひざの上に前足をのせ、つぶれた鼻で胸《むね》のあたりをフガフガとかいでいた。たるんだおでこの皮が、茶色い目に半分おおいかぶさっている。

と、ふいに、ぼくの首元からジャンパーのなかに顔をつっこんできた。ミートボールの毛は、マーリンの長くてすべすべの毛とは大ちがいだった。やわらかいけれど短くてチクチクしていて、刈《か》りたての芝生《しばふ》みたいだ。正確《せいかく》には、ぬれた刈《か》りたての芝生《しばふ》だ。ミートボールは、ほんとうにずぶぬれだった。いったいどれくらい長いあいだ、そとにいたんだろう。

おかあさんがいった。

「診察室《しんさつしつ》に連《つ》れていって、体にマイクロチップがうめられていないかスキャンしてみましょう」

「マイクロチップ？　こいつ、ロボットかもしれないってこと？」パーカーがにやっと笑《わら》う。

「そうそう、ロボットかもね……って、だれがこんなよだれをたらすロボットをわざわざつくる？」ぼくは返した。

おかあさんが、ミートボールの首輪《くびわ》をつかんで引っぱる。ぼくは、そのすきに立ちあがった。でも、おかあさんが手をはなすと、ミートボールはもどってきてうしろ足で立ちあがり、前足でぼくをシャカシャカと引っかいた。この犬は、なにがなんでもぼくのジャンパーのなかに顔をつっこみたいらしい。

おかあさんが、パーカーのおとうさんにいった。

「マーリンにもマイクロチップをうめこんだほうがいいですよ。まいごになったとき、動物病院や保護《ほご》施設《しせつ》の人から連絡《れんらく》がもらえますから。注射器《ちゅうしゃき》でかんたんにうめられますし。用心のためにね」

するとパーカーが、マーリンの毛をくしゃくしゃっとなでながらいった。

「おまえみたいな脱走《だっそう》の名人には、ぜったいに必要《ひつよう》だな」

マーリンが、パーカーを信《しん》じきっているような目で見つめ、金色の長いしっぽをパタパタとふる。

おかあさんは、もう一度ミートボールの首輪《くびわ》を引っぱった。ミートボールは、がんとして動かない。でも、ぼくが歩きだすと、横にぴったりとくっついてきた。待合室を通って、おかあさんの診察室《しんさつしつ》へ入る。マーリンが、ミートボールの頭のてっぺんからしっぽの先までにおいをかいでいく。新しい親友候補《こうほ》に出会えてうれしいのか、超《ちょう》高速《こうそく》でしっぽをふっている。ミートボールは、舌《した》をだらりとたらした世にもまぬけな顔をしながら、ぼくをちらちらと見た。なあ、こいつ、いったいだれだ？　なんでこんなによろこんでるんだ？　とでもいっているみたいだ。

ぼくとパーカーは、ふたりがかりでミートボールを持ちあげ、診察台《しんさつだい》にのせようとした。ところがミートボールは、もがいて、あばれて、またぼくのジャンパーのなかにもぐりこもうとした。ぜんぜんいうことをきいてくれない。まるで、ぬれたセイウチと取っ組み合いをしているみたいだった。

どうにか診察台《しんさつだい》にのせると、ミートボールは伏《ふ》せをし、ぼくにじりじりと近づいてきて、ゴロンとあおむけになった。息をしているだけなのに、フガフガ、ゼイゼイ、ハアハア、ブフブフと、とにかくうるさい。ぼくがむっちりした白いおなかをなでてやっているあいだに、おかあさんは機械《きかい》をあてて、マイクロチップをさがした。

「やっぱりないわね。あなた、捨《す》てられちゃったの？　かわいそうに」おかあさんが、ミートボールのたれた耳をやさしく引っぱる。

ミートボールは、うつぶせにもどると、伏《ふ》せの姿勢《しせい》でまたぼくにそろそろと近づいてきて、ジャンパーを引っかいた。ジャンパーは、すでに毛だらけだ。

「そうか！　わすれてたよ！」ぼくは、ミートボールがジャンパーのなかに頭をつっこみたがる理由にやっと気づいて、内側《うちがわ》の胸《むね》のポケットから待合室でひろったビスケットをとりだした。「これがほしかったんだね」

するとおかあさんは、ぼくからビスケットをサッととりあげた。

「ちょっと待って。ブルドッグの喉《のど》は、とても細いの。だからおやつをやるときは、かならず小さくくだいてね」

おかあさんが、ビスケットを割《わ》って、ぼくに返す。ミートボールは、行ったり来たりするおやつを、きょろきょろと見ていた。首の動きに合わせて、たるんだほっぺたがタプンタプンとゆれる。でも、ぼくがビスケットをさしだすまで、いい子にして待っていた。

パクッ。カリカリ、ゴックン。

ビスケットは、あっという間に消えた。ミートボールがごていねいにてのひらまでなめたせいで、ぼくの手はべとべとになった。ミートボールは、切《き》り株《かぶ》みたいなしっぽをおしりごとふっている。

「『シッポとオヒゲ』に電話して、あずかってもらえないかきいてみましょう」おかあさんは、すわったままキャスターつきの椅子《いす》をすべらせ、診察室《しんさつしつ》の電話に手をのばして、近所の動物保護施設《ほごしせつ》に連絡《れんらく》しようとした。

ミートボールは、診察台《しんさつだい》にタプタプのあごをのせ、大きな目でかなしげにぼくを見つめている。

ぼくは、おかあさんにいった。

「待って。家に連《つ》れてかえったらだめ？　おねがい。ぼくたちのこと、ものすごく気に入ってるみたいだよ」

ミートボールは、ゴロンとあおむけになると、おかあさんにむかって舌《した》を出した。せいいっぱいかわいく見せているつもりかな？　人間みたいに目を細めて、しわしわの顔をもっとしわくちゃにしてほんとうに笑《わら》っているように見えた。だらんとたれた、ピンク色の大きな舌《した》のまんなかにも、たてに深いしわがあった。口のなかで舌《した》をずっと折《お》りたたんでいたからしわができたのかな？

おかあさんは腰《こし》に手を当て、ため息をついた。

「エリック。この子は、ノミがいるかもしれないし、ネコにおそいかかるかもしれない。病気かも――」

「なら、調べてよ。獣医《じゅうい》さんなんだから、わかるでしょ？　どしゃぶりのなか、飼《か》い主《ぬし》に捨《す》てられたんだよ。今日はさんざんな目にあったんだ。施設《しせつ》のケージに入れられて、ひとりぼっちで夜を過《す》ごすなんてかわいそうだよ」

おかあさんはパーカーのおとうさんに、おとながよくやる目くばせをした。

パーカーのおとうさんは肩《かた》をすくめ、ぼくとミートボールを見ていった。

「こういう顔をされては、ことわれませんねえ」

パーカーとパーカーのおとうさんには似《に》ているところが、もうひとつあった。ぜったいにノーといわないことだ。

パーカーがいった。

「今日は家に連《つ》れてかえって、あしたの朝、また考えたら？　ひと晩《ばん》だけならだいじょうぶだよね？」

パーカーは、さらっとそういったけれど、ほんとうはぼくが考えていることがわかってたんじゃないかな。ひと晩《ばん》あずかれば、もっとあずかれるかもしれない、って。

おかあさんは、あきらめたみたいで、ため息まじりにいった。

「ひと晩《ばん》だけよ。まずは、健康状態《けんこうじょうたい》をチェックしましょう。エリック、おかあさんのスマホで家に電話して、夕飯《ゆうはん》の時間までに帰れないっておねえちゃんたちに伝《つた》えてちょうだい」

ぼくとパーカーは診察室《しんさつしつ》を出ると、待合室でハイタッチをした。マーリンが、ワン！　とほえる。パーカーは、マーリンの耳のうしろをかいてやりながらいった。

「やったじゃん。ついに犬を飼《か》えるかもな！」

「まあね」ぼくは、気のない返事をした。つやつやした毛なみのかっこいいマーリンにくらべると、ミートボールは太っているしブサイクだ。

「メールでどうなったか教えてくれよな」パーカーはそういうと、マーリンの首輪《くびわ》にリードをつけ、おとうさんのあとを追って手をふりながら病院を出ていった。

そのあとしばらく、ぼくはスマホをぼんやりと見つめながら、これでよかったのかなあと考えていた。正直なところ、飼《か》いたいとまでは思っていなかった。思いえがいていた犬と、だいぶちがうからだ。犬といったら、ラブラドールレトリバーとかコリーとかワイマラナーとかグレートデーンみたいな、足が長くて身の軽そうな大型《おおがた》の犬ばかり想像《そうぞう》していた。身近にブルドッグを飼《か》っている人はいない。あごがタプタプした、顔のつぶれた短足の犬がほしいなんて、思ったこともなかった。

でも、こいつを保護施設《ほごしせつ》に連《つ》れていくことはできない。一日に二度も捨《す》てられるなんて、あんまりだ。ミートボールには、あたたかくて安心できる場所が必要《ひつよう》だ。やっぱり、うちで飼《か》うしかないのかな?

それにしても、どうして捨《す》てられちゃったんだろう。なにか問題があるのかもしれない。それとも、飼《か》い主《ぬし》があきっぽい人だったのかな?

雨に打たれてしょぼくれていたミートボールのすがたを思いだす。家に連《つ》れてかえるなんて、ぼくは、どうかしてるんだろうか。

でも、見すてることは、どうしてもできない。ミートボールが理想の犬とはぜんぜんちがっていても。

3

おかあさんと車で家に帰り、ガレージから勝手口へむかうと、マーシーおねえちゃんが勝手口の大きな窓《まど》からこっちを見ていた。ぼくじゃなく、ミートボールをにらんでいる。ミートボールはリードにつながれて、ぼくの横をいそいそと歩いていた。ぼくは、おそくなると電話したとき、犬を連《つ》れてかえるとつけたして、どなられる前にさっさと切っていた。

うちのおねえちゃんたちは、犬がきらいだ。完全《かんぜん》にネコ派《は》で、人間よりもネコが好《す》きだと思う。ぼくよりネコが好《す》きなのは、まちがいない。

マーシーのうしろにあるキッチンカウンターに、グレーと黒のしまもようのネコ、アリアドネがすわっているのが見えた。おねえちゃんそっくりの不機嫌《ふきげん》な顔をしている。家のルールで、ネコはキッチンカウンターにのせちゃいけないことになっているのに、マーシーもフェイスもネコの好《す》きなようにさせている。でもぼくには、ネコをしかる勇気《ゆうき》はない。引《ひ》っかき傷《きず》だらけになるのはごめんだからだ。

マーシーが、窓越《まどご》しにきいてきた。

「なによ、そいつ？」

ぼくがドアノブに手をのばしかけたら、マーシーはガチャッと鍵《かぎ》をかけた。

「なにって、ブルドッグだよ。ねえ、入れてよ」

おかあさんは、まだ車のなかで書類《しょるい》の山を引っくりかえしている。

「そいつは、入れちゃだめだよ。アリアドネがこわがるからね」マーシーは、つやつやの黒いストレートヘアをかきあげながらいった。

あのー。ぼくは、生まれてから十一年間ずっとアリアドネがこわいのに、だれも助けてくれないんだけど……。

「アリアドネには、指一本さわらせないから」ぼくはいった。

おねえちゃんのうしろでアリアドネが、長い毛を逆立《さかだ》ててシャーッとおこった。すがたは見えなくても、音でミートボールがいるのがわかったみたいだ。ミートボールは、ぼくの足元でいい子におすわりをしていたけれど、まるでマラソンを走りおえたばかりのようにゼイゼイとあえいでいたからだ。

マーシーはミートボールがよだれをたらすのを見ると、思いっきり顔をしかめてさけんだ。

「フェイスー、ちょっと来てー！」

フェイスおねえちゃんが、パントリー*から全粒粉《ぜんりゅうふん》のクラッカーを持って出てきた。マーシーとフェイスは一卵性《いちらんせい》のふたごで、顔も体つきもよく似《に》ている。フェイスは、ミートボールを見ると眉《まゆ》をひそめ、マーシーの横にならんで腕《うで》を組んだ。これで入り口は、ドアがあいても入るすきはぜんぜんない。ふたりはどちらも、ジーンズに白いタートルネックのT《ティー》シャツとV《ブイ》ネックのセーターを着ていた。マーシーのセーターは暗い赤で、フェイスのセーターは茶色だ。

ふたりはよく、こんなふうにわざと似《に》た服を着る。それでまわりの人が名前をまち

*食料品《しょくりょうひん》などを収納《しゅうのう》する小部屋

がえると、おこったふりをして楽しむんだ。だからぼくは、友だちに秘密《ひみつ》の見分け方を教えてあげて、被害《ひがい》にあわせないようにしている。フェイスは、鼻の左側《ひだりがわ》にほくろがあるんだ。それから、フェイスのほうがくいしんぼうで、マーシーのほうがいじわるでいばりんぼう。だけどこういうちがいは、いっしょに暮《く》らしていないと気づきにくいよね。

マーシーが、ミートボールを見て、顔をしかめながらフェイスにいった。

「ねえ、見てよ。ブサイクな犬だね」

「ありえない」

「ネコたちもいやがるよね」

「オデュッセウスは繊細《せんさい》だから」

よくいうよ。ぼくは心のなかでつぶやいた。

「そいつを家に入れたら、あとのそうじがたいへんよ。あしたには、いなくなるとしてもね」マーシーがいう。

「ガレージに寝《ね》かせたらいいんじゃゃん？」と、フェイス。

「それいいね。エリック、悪いけど二対一ってことで」マーシーが、ぜんぜん悪いなんて思ってない顔でいった。

二対一で、ぼくの負け。我《わ》が家《や》は、いつだってこうだ。ぼくが生まれたのは、おねえちゃんたちが五歳《さい》のとき。まだハイハイもできないうちから、ふたりにいじめられてきた。前におとうさんがいっていたけれど、弟がいるのをがまんする代わりに、ネコを飼《か》ってあげたんだって。

「ぼくの部屋にとじこめておくからさ。ネコたちに、めいわくはかけないよ。おねえちゃんたちにも」けっきょくふたりの思いどおりになっているような気もしたけれど、そういうしかなかった。

フェイスは、フンッと鼻を鳴らした。

考えてみたら、おねえちゃんたちとこんなに長く話したのはひさしぶりだ。それくらい、おたがいをさけて暮《く》らしている。

と、おかあさんの声が聞こえた。

「エリック、なにしてるの？　早くなかに入って、犬に水をやって」

動物病院からの帰り道、おかあさんから、犬の世話の仕方をえんえんと聞かされた。ブルドッグは暑さにものすごく弱いから水はぜったいに切らしちゃいけないとか、顔のしわとしわのあいだを毎日きれいにふいてやらないとバイキンが入ってしまうとか。聞いているうちに、ものすごく不安《ふあん》になった。おかあさんは、ブルドッグのめんどうを見るのはどんなにたいへんかを伝《つた》えたかったんだと思う。でもそんなことをいわれなくても、飼《か》うのはやめたほうがいいかも……と思いはじめていた。

ぼくは、おねえちゃんたちにむかって肩《かた》をすくめていった。

「ほらね。おかあさんが、なかに入れなさいって」

フェイスは、おこったように足をふみならしながらパントリーにもどっていった。マーシーは、うんざりしたように目をぐるりと回してからドアの鍵《かぎ》をあけ、アリアドネをだきあげてカウンターチェアに腰《こし》かけた。ぼくはリードをはずし、ミートボールがなかに入れるよう、ドアをあけて手でおさえた。

ミートボールは、ドアの前の段差《だんさ》をのそりとはいあがると、うれしそうにおしりをふりながら、ひょこひょことキッチンに入っていった。皮のたるんだ前足が、白いだぼだぼのズボンをはいているみたいだ。そのズボンのすそから、むっちりとした白い足が出ている。おしりより肩《かた》の幅《はば》のほうが広くて、歩くと顔と体と足がべつべつの方向に動いているように見えた。

ぼくはプラスチックのお皿をとりだし、水を入れてやった。でも、ミートボールは見むきもしなかった。つぶれた黒い鼻で、床《ゆか》のタイルのにおいをフガフガとかぎまわって、ときどきちらりと上目《うわめ》づかいにぼくを見る。

マーシーは、めいわくそうに足をあげて椅子《いす》の足置《あしお》きにかけ、かたほうの腕《うで》にアリアドネをだいて、もうかたほうの手でその頭をなでていた。映画《えいが》「オースティン・パワーズ」*のドクター・イーブル風のだっこだ。マーシーもアリアドネも、とびきりいじわるそうな顔をしていて、それも映画《えいが》の場面にそっくりだった。

アリアドネは、カウンターチェアの下にミートボールがやってくると背中《せなか》を丸めてシャー────ッ！　とおどすような声をあげた。

＊アメリカのコメディ映画《えいが》。ロンドンの有名写真家でありながら、スパイとして活躍《かつやく》するオースティン・パワーズという男のドタバタ劇《げき》。ドクター・イーブルは悪の組織《そしき》の親玉

たれた小さな耳がピクッと前をむき、ミートボールは、目をぱちくりさせて左右を見た。キッチンをぐるっと見まわしてからぼくを見あげて、いまのはなんだ？　という顔をし、舌《した》を出してじぶんの鼻をベロンとなめる。

ぼくは、おねえちゃんとネコを指さした。ミートボールは、あとずさりしてカウンターチェアを見あげ、ようやくアリアドネに気づくと、口をあんぐりとあけた。ピンク色のすごく大きな舌《した》が口からたれさがる。ミートボールは、大よろこびでしっぽをおしりごとふった。

いうまでもないけれど、アリアドネは、ちっともよろこんでいなかった。

マーシーがいった。

「うわっ、きもっ！　床《ゆか》によだれたらしてる！」

「ごめん」ぼくは、ペーパータオルでよだれをふきとった。そんなに大さわぎすることじゃないのに……。動物病院で、犬やネコがよだれをたらしているのをときどき見かけるけれど、ミートボールよりひどい。

おかあさんが、勝手口をいきおいよくあけ、仕事用のバッグと動物病院から持ってきたドッグフードの袋《ふくろ》をかかえて入ってきた。病院で売っているそのドッグフードは、犬の歯にとてもいいらしい。ぼくは、おかあさんからドッグフードを受けとり、べつのプラスチックのお皿に入れた。

これには、ミートボールも大よろこびした。顔をつっこんで、ドッグフードのつぶをまきちらしながらがっついて、ガリガリとかみくだく。まるでドッグフードを口に入れるのとかむのと息をするのを同時にやっているみたいだった。これじゃ、しずかに食べるどころか、きれいに食べるのもむりだ。

マーシーが文句《もんく》をいった。

「ママー！　気持ち悪いよー！」

「ほんとほんと」フェイスが、パントリーから出てきてうなずいた。こんどはアーモンドを袋《ふくろ》からつまんで食べている。

ぼくは、フェイスのセーターに食べかすがたくさんついているのを見て、ミートボールのことはいえないんじゃないかと思った。でも口には出さず、代わりにこういった。

「しかたないよ。こんな顔をしてたら、食べにくいんじゃない？」

「そんな顔してたら、いっしょに暮《く》らせないんじゃない？」フェイスがきついひとことをいうと、マーシーがふふんと笑《わら》った。

「ほらほら」おかあさんは、スマホに気をとられながら、おねえちゃんたちをなだめた。「あら、トニーは？」

トニーは、ぼくの義理《ぎり》のおとうさんだ。おかあさんと結婚《けっこん》してからまだ二年しかたってないけれど、六年前におかあさんがぼくたちのほんとうのおとうさんと離婚《りこん》したときからつきあっていた。だから、トニーがうちに引《ひ》っ越《こ》してきたときには、ぼくもおねえちゃんたちもすっかり慣《な》れていた。いい人だけど、いっしょうけんめい父親っぽくふるまったり、わざといばってみせたりするところが、ちょっとめんどうくさい。

うちの家族を全員ならべて、「このなかに血のつながっていない人がいます。だれでしょう？」と質問《しつもん》したら、だれもがトニーを指さすだろう。トニーの両親はドミニカ共和国《きょうわこく》の出身だから、肌《はだ》の色が黒いんだ。トニーの両親は、いまでも英語《えいご》があまりしゃべれない。**感謝祭《かんしゃさい》に、トニーのおとうさんとおかあさん、それから中国語しかしゃべれないおじいちゃんがやってくると、話がぜんぜんかみあわなくてけっこう笑《わら》える。

「トニーは、選挙《せんきょ》運動をしにいったよ。むこうでピザでも食べてくるって」マーシーはそういうと、フェイスの持っているアーモンドの袋《ふくろ》に手をのばした。

おかあさんは、おこった口調でいった。

「ピザばかり食べるのはよくないわ。今週に入って四度目よ」

「そんなに選挙《せんきょ》運動ばかりするのもよくないよ」と、ぼく。

トニーは市議会議員《しぎかいぎいん》で、来年の市長選《しちょうせん》に立候補《りっこうほ》しようとしている。好感度《こうかんど》バッグンだから、ひょっとしたら現役《げんえき》のマーヴェル市長に勝てるかもしれない。だけど、うちの家族は目立ちたがり屋じゃないから、どうぞ勝手にやってくださいって感じだ。

*アメリカの南に広がるカリブ海の島国。公用語はスペイン語
**収穫《しゅうかく》に感謝《かんしゃ》する祝日《しゅくじつ》で、アメリカでは十一月の第四木曜日に家族が集まり七面鳥などを食べてお祝《いわ》いをする

たとえば、ぼくに応援《おうえん》のスピーチをさせようという人は、まずいない。もごもご話す人の例《れい》を見せたいなら話はべつだけどね。マーシーとフェイスなんて、レポーターになにか質問《しつもん》されたら相手の目玉をくりぬいちゃうんじゃないかな。

「ママ、おなかぺこぺこなんだけど」フェイスがすねたようにいい、てのひらいっぱいのアーモンドを口にほうりこんだ。

「適当《てきとう》に食べてくれたらよかったのに」おかあさんは、あわててスマホを置《お》くと、冷蔵庫《れいぞうこ》をあけた。

ミートボールが、ひょこひょこと近づき、食べものがつまった冷蔵庫《れいぞうこ》を期待いっぱいの顔でのぞきこむ。

「ちょっとー、食べものによだれをこぼさないでよ」と、マーシー。

ぼくは、ミートボールの首輪《くびわ》をつかんでいった。

「二階に連《つ》れていくよ」

そのときだった。ぼくが、はじめてミートボールの特技《とくぎ》を知ったのは。

キッチンから連《つ》れだそうとすると、ミートボールは、タイル張《ば》りの床《ゆか》に足をふんばって、おしりをでんとおろし、まったく動かなくなったのだ。

「おいで、ミートボール」リードをぐいっと引っぱる。

ミートボールは、とぼけたふりをするように大きな頭を反対側《はんたいがわ》にむけた。さらに強く引っぱってみたけれど、まったく動かない。

おねえちゃんたちは、そろってふきだした。

「あれれー。がりがりのエリックの手には負えないみたいだね」マーシーがからかう。

「ほんとほんと。エリックの腕《うで》の太さときたら、わたしの腕《うで》の半分もないじゃん。そんな小枝《こえだ》みたいな腕《うで》じゃなにもできないでしょ」フェイスも、いじわるをいう。

おかあさんはおねえちゃんたちを無視《むし》して、冷凍《れいとう》のラビオリをとりだすと冷蔵庫《れいぞうこ》をしめていった。

「今夜は、これにしましょう」

ぼくがさらに引っぱると、ミートボールは見るからにがっかりしたようすでようやく立ちあがり、ぼくのあとをとぼとぼとついてきた。

太っていて足が短いので、階段《かいだん》をのぼれるか心配だったけれど、フガフガと鼻を鳴らしながら、ぼくを追いこしていった。そして二階につくと、毛足の長いベージュ色のカーペットに鼻をおしつけてにおいをかいだ。

と、たれた耳をピクッと動かし、顔をあげ、ウ――――、ウ――――と、ぼくになにかを知らせるような、おさえたうなり声を出した。

ミートボールの見ているほうをたしかめると、フェイスの黒ネコ、オデュッセウスがぼくの部屋の前にいた。オデュッセウスは、こおりついたように右の前足を半分あげている。真っ黒な顔のなかで、大きな黄色い目だけがやたらと目立っていた。ミートボールをじっと見つめながら、しっぽをシュッシュッとふっている。

どっちのネコもいじわるだけど、オデュッセウスのほうが、たちが悪い。ものかげにひそんで人をおどかすのが趣味《しゅみ》で、ぼくがおかあさんにたのまれて勝手口からゴミを出しにいくと、いきなりくらやみから飛《と》びだしてきてキーッと鳴いたりするんだ。それに、ぼくがテレビを見たいと思うときにかぎって、こいつは、ソファいっぱいに長《なが》ながと寝《ね》そべっている。そうなると、ぼくは床《ゆか》にすわるしかない。となりにすわったりしたら、次の瞬間《しゅんかん》するどい爪《つめ》で腕《うで》を引っかかれるからだ。

ぼくは、おそるおそるいった。

「なあ、オデュッセウス。あっち行ってくれないかなあ」

オデュッセウスは、いじわるそうに目を細め、歯をむきだしてミートボールとぼくにシャーッといった。

ぼくは、ミートボールの頭をなでながらため息をついた。

「ごめんね。あいつがどくまで、ここで待っててよう」

ぼくは、階段《かいだん》のいちばん上に腰《こし》をおろした。そうするほかなかった。前に追いはらおうとしたら、オデュッセウスがぼくのスニーカー*に爪《つめ》で引《ひ》っかき傷《きず》をつけたんだ。横を通って部屋に入ろうとしたときには、ぼくの股《また》をすりぬけてなかにかけこみ、ベッドにおしっこをした。よだれをたらす犬よりも、ずっと始末《しまつ》が悪いと思うんだけど。ほんと、ひどいよね。

だからこんなときは、オデュッセウスがあきてどこかへ行くまで、おとなしく待っているのがいちばんなんだ。


*アメリカでは、家のなかでも靴《くつ》をはいたまま生活する

でも、飼《か》い主《ぬし》に捨《す》てられたばかりのミートボールは、待つのはもうたくさんだったみたいだ。まよわずひょこひょこと歩いていくと、オデュッセウスのおしりのにおいをかぎはじめた。ぼくは、あわててリードを引っぱった。黒いつやつやの鼻が血だらけにされたらたいへんだ。ところがオデュッセウスは、背中《せなか》を丸めて毛を逆立《さかだ》ててシャーッとおこったかと思うと、つきあたりにあるフェイスの部屋へにげこんだ。

「すごい！」ぼくは、ミートボールをすっかり見なおした。

こいつがそばにいてくれたら、じぶんの部屋に入るのにびくびくすることもなくなるかもしれない。

ミートボールはおすわりをし、ぼくを見あげながら首をかしげた。おいら、あいつと友だちになりたかったのにな、といっているみたいだ。舌《した》はあいた口の横からだらりとたれ、目はしわくちゃの顔に半分うもれている。

「ミートボール、やったね」ぼくは、おねえちゃんたちに聞かれないよう小声でいった。

ひざの裏《うら》をミートボールに頭突《ずつ》きされながら部屋のドアをあけると、先にミートボールが飛《と》びこんだ。

ぼくはドアをしめ、リュックをベッドの横に置《お》いてパソコンの電源《でんげん》を入れた。部屋に入ると、いつも真っ先にパソコンをオンにする。ミートボールは、あちこちくんくんとかぎまわっている。部屋はきれいにしてあるので、犬がかんだり食べたりしそうなものは転がっていない。おかげで、机《つくえ》の下につみかさねてあった本の山をくずされただけですんだ。

つぎにミートボールは、ベッドからたれていた毛布を口にくわえて床《ゆか》に引きずりおろし、前足でシャカシャカとひっかきはじめた。とりあげようかまよったけれど、毛《もう》布《ふ》が毛だらけになるだけだと思ったので好《す》きにさせておいて、ボウルに水を入れて持ってきた。

ぼくの部屋は、おねえちゃんたちの部屋にくらべるとだいぶせまい。もとは仕事部屋だったみたいで、窓《まど》がひとつしかなく、壁《かべ》は全部地味なグレーだ。カーペットはベージュ色で、壁《かべ》と同じ色のグレーのてんてんがついている。ベッドと机《つくえ》の上の壁《かべ》には、パンダや竹をえがいた水墨画《すいぼくが》や中国語の掛《か》け軸《じく》がかざってある。何年か前に中国に行ったとき、おかあさんが買ってくれたものだ。ぼくがうつっている*万里《ばんり》の長城《ちょうじょう》の写真を大きく引きのばしたものもある。万里の長城《ちょうじょう》は、いままで行った観光地《かんこうち》のなかでだんぜんよかった。シーツやふとんカバーは、白黒のチェック柄《がら》のおそろいだ。それと低《ひく》い本棚《ほんだな》がひとつあって、フーディーニやパソコン関係《かんけい》の本をならべてある。じまんの手品グッズは、クローゼットのなかの棚《たな》の上だ。

でも、そんなことはどうでもいい。ぼくにとっていちばん大切なのは、机《つくえ》の上にでんと置《お》かれた、大きくてぴかぴかの黒いパソコンだ。だれにもさわらせない、ぼくだけの宝物《たからもの》。おねえちゃんたちは、マーシーの部屋にあるパソコンをシェアしているけれど、ふたりともそれほど使っていないみたいだ。ぼくは、このパソコンを手に入れるためにものすごく努力《どりょく》した。おかあさんと話しあって、五年生でオールA《エー》をとったら、ぼくの望《のぞ》みをなんでもかなえてくれるって約束《やくそく》をしてもらい、みごと達成《たっせい》したんだ。

黒い椅子《いす》にすわって、メールアカウントをふたつひらく。ひとつは、友だちとの連絡用《れんらくよう》。もうひとつはいろんなサイトにログインするときに使うアカウントで、こっちのメールボックスにはめいわくメールや宣伝《せんでん》メールしか来ない。ぼくは、USB《ユーエスビー》メモリをパソコンにさした。宿題や課題《かだい》はこれに保存《ほぞん》しておけば、いつでも学校のパソコン室で続《つづ》きができる。つぎにブラウザをひらいて、お気に入りのサイトをいくつかチェックし、最後《さいご》にチャットサイトにログインした。

チャットサイトには、いつもの顔ぶれ、ニコスやクリスタルやジョナス、それからプラデーシュやダニーの妹のロージーがいた。ロージーは、おもしろいメールを受けとると、なぜかいつもぼくに転送してくる。トロイやパーカーには送ってないみたいだからふしぎだ。ぼくがネットばかりしているのを知ってるからかな。

と、そのとき、トロイの名前がスクリーンにあらわれた。クリックして、さっそくチャットする。

ぼく：　やあ、トロイ。聞いてよ。
トロイ：　やあ、エリック。どうした？

＊中国の歴代《れきだい》の王朝がつくった長い城壁《じょうへき》。その長さは二万キロメートル以上ある

ぼく：　ちょっと待ってて。見せたほうが早いから。

机《つくえ》の引き出しからカメラをとりだし、椅子《いす》をくるりとうしろに回転させて、ぼくはびっくりした。いつの間にか、ミートボールがベッドにのって、ちゃっかりくつろいでいたからだ。ふかふかのふとんの上であおむけになり、寝《ね》ころんでいる。目はとじ、足はテレビのアンテナみたいにまっすぐ上にのびていた。

ぼくは、写真を二枚《まい》とってパソコンにダウンロードし、トロイに送った。

すぐに返事が来た。

トロイ：　うそだろ！　犬を飼《か》ったのか（ﾟДﾟ）

ぼく：　ミートボールっていうんだ。

トロイ：　ずるいぞ。これで犬がいないのは、おれだけになっちまった（._.）

ぼく：　でもまだ飼《か》うかはわからない。近いうちに決めるよ。

トロイ：　ちょーかっこいいじゃん。おれもほしいぜ！

一階からおかあさんの声が聞こえた。

「エリック！　食事の準備《じゅんび》を手伝《てつだ》ってちょうだい！」

ぼく：　もう切らなくちゃ。
トロイ：　残念《ざんねん》！　あとで✉くれ。

ぼくが部屋のドアをあけて出ていこうとすると、ミートボールがフガッと鼻を鳴らして、かたほうの目をあけた。

「ここで待ってて。いい子にしてるんだよ」

ミートボールは、いい子にしてるに決まってるだろ、というふうに鼻を鳴らし、すぐまた目をとじた。飼《か》い主《ぬし》に捨《す》てられて、ずっと雨に打たれていたから、へとへとなんだろう。

ドアをしめて廊下《ろうか》に出ると、フェイスの部屋の前にいたオデュッセウスがぼくをにらんできた。

ぼくは、にんまりと笑《わら》って、おねえちゃんたちに聞かれないように小声でいった。

「いいか、オデュッセウス。この家では、これからいろんなことが変《か》わるかもしれないぞ」

そして、ほんとうにそのとおりになった。

でも、まさかあんなに変《か》わるとは思ってもいなかった。

4

夕飯《ゆうはん》のあと、部屋でスペイン語の宿題をやっていたら、ノックの音がした。すぐにトニーだとわかった。トニーはいつも、「いそがしかったら、無視《むし》してもいいんだよ」とでもいうように、ひかえめにドアをたたく。これがおかあさんだったら、「おかあさんが来たわよ！　覚悟《かくご》しなさい！」って音がする。

ぼくは、大きな声でいった。

「どうぞ」

トニーは、なかに入るとサッとドアをしめた。前にあけっぱなしにしていたらオデュッセウスが入ってきて、ふたりで夜おそくまでシーツや毛布をあらうハメになったからだ。それからというもの、トニーは、ぼくの部屋にすばやく出入りするようになった。

「おかえりなさい」ぼくはいった。

トニーは毎朝、髪《かみ》の毛《け》をカンペキにととのえてから仕事に行くけれど、一日が終わるころにはぼさぼさになっていて、今日もそうだった。顔には、中古車のセールスマンみたいな、人なつっこい笑顔《えがお》がうかんでいた。でも、つくり笑《わら》いとはちがう。人と話すのが、心から好《す》きな人なんだ。はじめて会う人とおしゃべりするのはとくに楽しいっていうから、ぼくとは、見た目と同じくらい性格《せいかく》もちがう。

ほんとうのおとうさんは、すこしはなれた町に住んでいて、ぼくみたいにおとなしい。ときどき週末《しゅうまつ》にとまりにいくと、ずっとべつべつにパソコンにむかっている。となりの部屋にいるのに、夕飯《ゆうはん》になにを食べるかメールでやりとりすることもあるくらいだ。でも気にはならない。いじわるなネコがいないだけでも、おとうさんの家はじゅうぶん快適《かいてき》だ。

「フゴ――――ッ。フゴッ?」ミートボールが、じぶんのいびきにびっくりして目をさました。ベッドの上でむくりと起きあがり、トニーを見て目をぱちくりさせる。

トニーは、白い歯を見せて笑《わら》った。

「おお。おかあさんのいってたことは、ほんとうだったんだな。むちむちのブルドッグだ！　なでてもいいかい？」

「もちろん」

トニーは、ぼくのベッドに腰《こし》かけ、ミートボールの背中《せなか》をなでた。トニーの手の動きに合わせて、背中《せなか》の皮が前に寄《よ》ったりうしろに寄《よ》ったりする。ミートボールは、気持ちよさそうに目を細め、舌《した》をだらりとたらした。にんまりと笑《わら》っているようにも見える。

「いい男だな。おまえ、モテるだろ？」トニーが、ミートボールにいう。

「よだれ好《ず》きとたるみ好《ず》きには、きっとたまらないね」と、ぼく。

「あずかるのは、ひと晩《ばん》だけなんだって？」

「そうみたい」

するとトニーは、すこし考えてからいった。

「エリックは、どうしたいんだ？」

「わからない……。おかあさんは、飼《か》っていいっていうと思う?」

「飼《か》いたいのか?」

ぼくが思うに、トニーは子育ての本かなにかで、親は子どもにいろんなことをたずねましょう、みたいなことを学んだにちがいない。だから、こんなふうにぼくの質問《しつもん》に質問《しつもん》で答えるんだ。

「うーん。まだわからない」ぼくは、回転椅子《かいてんいす》をゆっくりと回しながらいった。足の先がカーペットを軽くこする。

「おまえは、エリックのことが気に入ってるみたいだけどな」トニーは、ミートボールの耳をやさしく引っぱった。

「フゴゴゴゴッ」ミートボールがうなずく。

ぼくは、すこし気がとがめたけれど、ほんとうの気持ちを打ちあけた。

「飼《か》うなら、ラブラドールレトリバーみたいな犬がいいなあって思ってたんだ」

「ラブラドールといえば、小さいころ、うちで飼《か》ってたよ。そうそう、高校のころにつきあっていた彼女《かのじょ》の家にはブルドッグがいてな、いい犬だった。おもしろくて、ものすごい忠犬《ちゅうけん》だったんだ」

トニーの話がちゃんと頭に入るまでに、すこし時間がかかった。「高校のころにつきあっていた彼女《かのじょ》」のところで、脳《のう》がフリーズしてしまったからだ。おかあさんは、ぼくたちが生まれる前のことをほとんど話さない。おかあさんに高校時代があったことさえうまく想像《そうぞう》できない。でもトニーは、そういうことをさらりと話す。かっこいいと思うけれど、気まずいときもある。

どう返せばいいかまよっていると、タイミングよくノックの音がした。

おかあさんが入ってきて、ドアをしめた。トニーみたいにすばやい動きじゃなかったけれど、ネコたちはおかあさんがいるところではぜったいにいたずらをしない。注射《ちゅうしゃ》したりおしりに体温計をつっこんだりする人だとわかっているからかな?

おかあさんは、水の入ったボウルとハンドタオルを二枚《まい》、それからワセリンを持っていた。

「おっと。いやな予感がするな?」トニーがミートボールをつつく。

おかあさんはいった。

「その子、しばらく体をきれいにしてもらってないんじゃないかしら。エリック、やり方を知りたい?」

えっ……ぼく? 知りたいのかな? でも、いやだとはいえない。

「う、うん」

トニーは、ミートボールを手で追いたててベッドからおろすと、首輪《くびわ》をしっかりとつかんだ。おかあさんが、ミートボールのたるんだ顔をじっと見る。ミートボールは首をすくめて、やめてくれる? というように上目《うわめ》づかいをしたけれど、おかあさんには効果《こうか》はなかった。

ぼくが横にすわると、おかあさんはハンドタオルを寄《よ》こした。

「水にぬらしてちょうだい」

ぼくはタオルをぬらし、おかあさんにいわれたとおり指にまいて、ミートボールのしわとしわのあいだにつっこんだ。

「フゲフゲ! ウググググ!」

ミートボールはいやがってにげようとしたけれど、トニーがはなさなかった。

ぼくがつぎのしわに手をのばすと、ミートボールは首をひねってタオルのはしにぱくりと食いつき、ぼくの手からうばいとった。そして、ブルブルとふると、床《ゆか》にぽりと落として、へん、どんなもんだい、という顔をした。

「悪いね」ぼくはタオルをひろいあげ、またしわとしわのあいだに指をつっこんだ。

それから三十分ほど、ミートボールは、あばれて、もがいて、鼻を鳴らして、文句《もんく》をいって、タオルにかみついた。最後《さいご》におかあさんがワセリンを鼻にぬってやり、やっと終わった。ぼくは、ごほうび用におかあさんが持ってきたチーズのかけらをミートボールにやった。ミートボールは、あっという間に飲みこみ、もっとないの？と寄《よ》り目《め》になって、ぼくの手を鼻先でつついた。

トニーは、ミートボールのわき腹《ばら》をなでながらいった。

「よくがんばったな。いい子だ」

「毎日、これをやらなくちゃならないのよ。あっ、それから歯もみがいてあげてね。飼《か》うなら、ってことだけど」おかあさんはそういって、横目でぼくのようすをうかがった。

「えっと……飼《か》ったほうがいいと思う?」

ぼくは、まよっていた。正直いって、こんなふうにしわとしわのあいだをきれいにするのは、楽しいとはいえない。でも、体がぬれたのが気持ち悪いのか、毛足の長いカーペットに鼻をつっこんでゴロゴロと転がっているところは、ものすごくかわいかった。それに、いきおいあまってでんぐりがえるたびに、むくりと起きあがって、だれがやったんだ? って顔をするのも、おかしくてたまらない。

おかあさんはいった。

「犬は手がかかるのよ。毎日、朝いちばんと夜寝《ね》る前に散歩《さんぽ》もさせなきゃならないし。おかあさんひとりじゃ、めんどう見きれないわ」

「手伝《てつだ》うよ!」トニーがすかさずいう。

おかあさんが、あまやかさないで、という顔でにらむと、トニーはもごもごとつけたした。

「いや、もちろんエリックが責任《せきにん》を持って……ちゃんと……やるなら……すこしは手《て》伝《つだ》ってやるって意味さ……」

「ちゃんとやるよ」ぼくはいった。

問題は、そこじゃなかった。ずっと犬を飼《か》いたいと思っていたから、世話をするのはかまわない。だけど、どうせ世話をするなら、じぶんで選《えら》んだ犬がよかった。すくなくとも、息をするときに鼻くそがつまっているみたいな音を出す犬は選《えら》ばなかっただろう。でも、そんなふうに思ったらミートボールがかわいそうだ。もうどうしたらいいか、わからなかった。

すると、トニーがいった。

「こうしたらどうかな。ひとまず二、三日あずかってみて、相性《あいしょう》をたしかめるんだ。うまくいかなそうだったら、ほかの家族をさがしてやろう」トニーは、ここでことばを切り、ちらりとおかあさんを見て、いそいでつけくわえた。「もちろん、おかあさんが賛成《さんせい》してくれれば、ってことだけどな」

ぼくはいった。

「悪くないと思う」それなら、いますぐに決めなくていい。

おかあさんも、ぼくの髪《かみ》の毛《け》をくしゃくしゃっとなでながらいった。

「そうね、そうしましょう。わからないことがあったら、いつでもおかあさんにききなさい」

それから二時間後、ぼくは、ミートボールのもうひとつの特技《とくぎ》を知った。部屋の明かりを消して、うとうとしはじめたときだ。

「フガガ――」

ぼくは飛《と》びおきた。

「フガガガガ――――」

「うそでしょ」

「フガフガフガガガガ――――」

同じベッドでねていたミートボールをけとばしてみる。でもミートボールは、目をさますどころか、寝《ね》がえりを打ってぼくの足にのっかり、さらに大きないびきをかきだした。

「フガガガガガガ、フガフガフガガ――――」

ちょっと考えれば、こいつが特大《とくだい》のいびきをかくことくらい予測《よそく》できたはずだった。

起きているときでさえ、あんなに大きな音を立てて息をしてるんだから。頭にまくらをかぶって眠《ねむ》ろうとしたけれど、むりだった。それほどうるさかった。マーシーとフェイスが、どなりこんでこないのが、ふしぎなくらいだ。家全体がゆれている気がした。すくなくともぼくのベッドは、まちがいなくゆれていた。

それでも、いつの間にか眠《ねむ》っていたらしい。つぎの日の朝、いつもより十分早くおかあさんに起こされて、朝ごはんの前にミートボールを庭に出した。うちの庭には、パーカーの家みたいなフェンスがないから、ミートボールにリードをつけ、ビニール袋《ぶくろ》を持ってうしろをついてまわった。ミートボールは、時間などおかまいなしにすみからすみまで探検《たんけん》した。ゆうべ、寝《ね》る前に庭《にわ》に出したときも、しつこいくらいあちこちかぎまわっていたのに。おかげで、ぼくは超特急《ちょうとっきゅう》で学校の準備《じゅんび》をするハメになった。

マーシーとフェイスは、バスケ部のなかまの車*に乗って高校へ行く。家の前の道で車を待っていたふたりは、ぼくがあたふたと家を飛《と》びだすのを見て、指をさして笑《わら》っ

*アメリカのほとんどの州《しゅう》では、十六歳《さい》になると免許《めんきょ》がとれる

た。ぼくは、パーカーとダニーとトロイと待ち合わせをしている坂の上の十字路にむかってダッシュした。十字路を見あげると、もうみんなそろっているみたいだった。パーカーの緑色のリュックとトロイの黄色い野球帽《やきゅうぼう》が見える。ふたりは、バレルさんの家のフェンスに寄《よ》りかかって、ダニーとむきあっていた。ダニーは、飛《と》びあがったり腕《うで》をふりまわしたりしながら夢中《むちゅう》で話をしている。きっと飼《か》いはじめたばかりの犬、ボタンの話をしているんだ。

ぼくが息を切らして十字路にたどりつくと、パーカーは首を横にふり、からかった。

「おまえも犬のせいで遅刻《ちこく》か」

あれは新年度が始まった日だった。マーリンが家を脱走《だっそう》したせいで、パーカーは学校に遅刻《ちこく》して、放課後《ほうかご》に居残《いのこ》りさせられそうになった。でも、新しい校長先生が話のわかる人だったおかげで、パーカーは罰《ばつ》を受けずにすんだ。それどころか、毎週水曜日は昼休みに一度家に帰ってマーリンの世話をしてもいいことになったんだ。学校のとちゅうで家に帰るなんて、うちだったら、ぼくがどんなにいい成績《せいせき》をとってもおかあさんがゆるしてくれないだろう。

ミートボールは、おかあさんが職場《しょくば》に連《つ》れていった。犬を歓迎《かんげい》してくれる職場《しょくば》があるとすれば、動物病院だ。

学校にむかって歩きだすと、ダニーがぼくにきいた。

「犬のせいって?」

いつもは自転車に乗っているのに、今日はバスケットボールをバウンドさせながら歩いている。ダニーは、ぼくらのなかでいちばん背《せ》が高い。つぎがパーカーで、そのつぎがぼく。いちばん小さいのがトロイだ。トロイはかなりのちびで、背《せ》のことをからかうと本気でおこる。それでもダニーはからかうのをやめない。

「エリックも犬を飼《か》うらしいぜ」トロイが、不機嫌《ふきげん》そうにいった。でも、べつにぼくに腹《はら》を立てているわけじゃないのはわかった。トロイが犬を飼《か》えないのは、ぼくのせいじゃないから。

ダニーが立てつづけにきいてきた。

「犬種《けんしゅ》は?　名前はなんていうんだ?　ボタンと友だちになれそうか?」

「ミートボールって名前で、ブルドッグだよ。えっと……マーリンとは、なかよくなれたけど」

　すると、パーカーがいった。

「ハイディのやつ、くやしがって心臓発作《しんぞうほっさ》を起こすかもな。エリック、放課後《ほうかご》あいつが家におしかけてきても、おどろくなよ。ほら、エラが犬を飼《か》いはじめただろ？　さいきん、エラについてまわってるらしいぞ」

　クラスの女子のハイディは、ほとんど病気といってもいいくらいの犬好《いぬず》きだ。エラの飼《か》っているビーグル犬のトランペットをせっせと世話しているらしいけれど、ほんとうはじぶんの犬がほしくてたまらないらしい。ぼくとトロイを合わせても勝てないくらい、犬の話ばかりしている。

「けどあいつ、ボタンには、まだ会いにきてないぞ」ダニーがいった。

「そりゃ、犬を飼《か》ったことをおまえがかくしてたからだろ」と、パーカー。

「まあね」ダニーはそういって、道ばたの石ころをけっとばした。石はコロコロと転がっていった。「うちの犬、けっこうかわいいぞ。ハイディも、気に入るんじゃないかな」

「ヒューヒュー。おまえ、ハイディが好《す》きだからな」トロイが、にやにやしながらいう。

ダニーは、トロイを力いっぱいどついた。トロイは、あやうくよその家の庭にたおれこむところだった。

「ただの友だちだし！」と、ダニー。

「けど、デートにさそったら、ハイディはオーケーしてくれるんじゃない？」パーカーがいう。

「さそわないし！」ダニーは、むきになってさけんだ。

パーカーは、さらにからかった。

「そりゃ、ことわられたら、と思うとおじけづくよな。けど、じぶんの気持ちにすなおになったほうがいいぞ」

ダニーは、バスケットボールを歩道にたたきつけていった。

「からかうなら、エリックをからかえよ。秘密《ひみつ》の片思《かたおも》いをしてるのは、エリックだろ」

「えっ！　ぼくをまきこまないでよ」顔が、かっと熱《あつ》くなった。両手をジャンパーのポケットにつっこみ、なにをばかなことをいってるんだ、という顔をしてみせる。

「かくしてもむだだぞ。先週、見ちゃったもんね」ダニーがいった。

「なにをいってるのか、さっぱりわからないよ。片思《かたおも》いなんてしてないから」

するとト、トロイとパーカーが、そろってふきだした。

「なんだよ」ぼくは、不安《ふあん》になった。まさかバレてる？

「エリック……」トロイは、古い映画《えいが》に出てくる名探偵《めいたんてい》みたいに眼鏡《めがね》のつるをつまみながらいった。「このわたしの目をごまかせると思っているのかね。人の心を読むのは、わたしの特技《とくぎ》だ」

「エリック。おまえがあの子のことを好《す》きなのは、悪いけどみんな知ってるぞ」パーカーもいう。

「あの子って？」ぼくはとぼけた。たぶんなにかのまちがいだ。みんなかんちがいしてるんだ。じょうだんをいってるんだ。

「では、おたずねします」ダニーは、ぼくを指さし、問いつめるようにいった。ダニーのおとうさんは弁護士《べんごし》だから、そのまねをしているんだろう。「先週の金曜日、ベイクセール*でペパーミントのメレンゲクッキーを買ったあと、こっそり教室にもどって、それをだれかの机《つくえ》の上に置《お》きましたね？」

あちゃー。

「有罪確定《ゆうざいかくてい》！」トロイはそうさけぶと、ぼくの顔を見てまたふきだした。

「かくすことないよ。レベッカだろ？　いいじゃん」と、パーカー。

あーあ、バレてたのか。そう、ぼくはレベッカが好《す》きだ。うまくかくせてると思っていたんだけどな。みんなにレベッカの話をしたことはないし、学校でレベッカに話しかけたこともない。むこうから話しかけられても、ばかみたいにもごもご口ごもっちゃって、話がはずんだこともない。

ふいに、おそろしい考えが頭をよぎった。

「本人にもバレてると思う？」ぼくはきいた。パーカーたちが気づいてるなら、レベッカも気づいてるかもしれない。

*手づくりのお菓子《かし》を売って、あつめたお金を寄付《きふ》する活動

「いや、それはないいんじゃない？　たぶん」と、パーカー。

「たぶん？」ぼくは、立ちどまっておなかをおさえた。「おなかが痛《いた》くなってきた……。学校休んで、家でミートボールと遊んでたほうがいいかも」

ダニーが、ぼくの肩《かた》をぽんぽんとたたいていった。

「エリック、ビビるな。ひょっとしたら、両思いかもしれないだろ」

まさか。ありえない。ぼくは、女の子にモテるタイプじゃない。女子が好《す》きになるのは、ブレットやアーバスやパーカーやダニーみたいな、スポーツのできる男子だ。ダニーは、去年アレリとつきあっていた。一週間で別《わか》れたけど。ブレットは、六年生になってからジョセフィンとつきあいはじめたってうわさだ。いつ見ても女子にかこまれているから、よくわからないけど。

レベッカにクッキーをあげたのは大失敗《だいしっぱい》だった。ほかのだれかにも見られていたらどうしよう。たとえば、いじめっ子のエイブリーとか、口の軽いナターシャとかタラみたいな女の子に。それか本人に。レベッカは、クッキーが机《つくえ》に置《お》いてあるのを見て、ものすごくおどろいていたけど、うれしそうだった。なら、失敗《しっぱい》じゃなかったのかも？　でも、ぼくがあげたと知ったら……どう思うだろう？

またみんなで歩きだすと、トロイがいった。

「レベッカに、おまえのことが好《す》きか、きいてやろうか？」

「だめ！　だめだめだめ。それだけは、ぜったいにやめて」

「それとなく、『さぐりを入れる』こともできるぜ。おれの探偵《たんてい》スキルでさ！」

「どうせ、マギーとかヴァージニアとか、レベッカと仲《なか》のいい子にきくんでしょ」

「悪いかよ？　証人《しょうにん》に尋問《じんもん》するみたいなもんだろ。それ以外《いがい》にどうやって証拠《しょうこ》をあつめるんだ？」

「ぜったいにやめて。とにかくみんな、よけいなことはしないでよ。はずかしくて死んじゃうから、ほんとに」

学校が近づいてきた。ぼくは、魔術師《まじゅつし》に体の中身をぬきとられたような気分だった。心のなかには、不安《ふあん》しかない。レベッカにバレているかもしれないと思うと、まともに顔を見ることもできなそうだ。

パーカーがいった。

「いっそデートにさそってみれば?」

「うちのネコに目玉をくりぬかれるほうがマシだよ。おねがいだから、だれにもなにもいわないでよ」

「いわないさ」パーカーが肩《かた》をすくめていうと、ほかのふたりもうなずいた。

学校につくと、パーカーたちはまっすぐ教室に入っていったけど、ぼくはろうかのロッカーの前で気持ちを落ちつかせた。うちの学校のロッカーは、五、六年生だけが使えて、ABC順《エービーシーじゅん》にならんでいる。ぼくは、ロッカーのなかをいつもきちんと整理し、教科書をすばやく出し入れできるようしていた。というのも、近くにエイブリーのロッカーがあるからだ。エイブリーは機嫌《きげん》が悪いと、そばにいる人を理由もなくけったりたたいたりする。

ケイデンスが、ロッカーにもたれてユミを待っていた。黒いロングスカートをはいて、腰《こし》まである長い黒髪《くろかみ》は、頭の上でひとつにまとめ、大きなむらさき色のヘアクリップでとめてある。耳には、むらさき色の輪《わ》っかのイヤリングをつけていた。おまけに、キラキラしたふちの巨大《きょだい》なサングラスをかけている。もちろんサングラスは校《こう》則違反《そくいはん》だ。ケイデンスは、サングラスをすこし下にずらし、上目《うわめ》づかいにぼくを見た。いつもこうやって、人の心が読めるふりをする。

「エリック。そなた、心が乱《みだ》れておるぞ」ケイデンスは、わざと声をふるわせたりかすれさせたりしながらいった。

「そんなことないよ」ぼくは、ロッカーから算数の教科書をとりだした。ちらりとろうかを確認《かくにん》したけれど、いじめっ子のエイブリーはまだ来ていないみたいだ。反対側《はんたいがわ》に目をやると、エラがハイディのロッカーから落ちたものをひろいあげていた。エラがセーターをほうりこみ、ハイディがいそいでロッカーをしめ、体でおさえる。ふたりとも、大笑《おおわら》いしていた。

「そなた、オーラがにごっておるぞ」ケイデンスはつづけると、マジシャンが帽子《ぼうし》からウサギをとりだすように、ぼくの肩《かた》のあたりの空気をつまみあげるしぐさをした。それから、サングラスを頭の上にのせ、目を細くしてぼくを見ると、ふつうの声でいった。「ジャンパーが毛だらけだよ。どこに寝《ね》ころがったらそうなるの?」

ぼくは、ロッカーをしめ、毛をはらった。

「さあ」ぼくは、ケイデンスにミートボールのことを話すほどばかじゃない。犬好《いぬず》きといえばハイディ、ピンク好《ず》きといえばロージー、うわさ好《ず》きといえばケイデンスだ。話したら最後《さいご》、あっという間に学校じゅうに知れわたる。そのあと、もし飼《か》わないことになったら？　きっと、みんなに白い目で見られる。

ケイデンスは、さらに目を細くした。

「そなたの気配が――」

「じゃあね！」ぼくは、ピアリー先生の教室にかけこんだ。

ケイデンスは、ユミとトロイと同じウッドハル先生のクラスだから、さすがに追いかけてはこなかった。

レベッカは、もう席《せき》についていた。こまったことに、ぼくらの席《せき》はとなり同士《どうし》だ。だからレベッカは、なかよしのマギーが来ていないと、ぼくに話しかけてくることがある。

今朝もそうだった。

「エリック、おはよう。元気？」ぼくが席《せき》にすわると、レベッカは笑顔《えがお》でいった。

レベッカの髪《かみ》はふわふわのブロンドで、大きな目はグレーがかった緑色だ。青やむらさきや緑など、はでな色のタイツをよくはいている。教科書やノートには、ネコのシールがはってある。左利《ひだりき》きだから、ふたりともノートをとっていると、ときどきひじとひじがぶつかる。テレビ番組の主題歌を口ずさみながら、ノートに絵をかいていることがあるけれど、無意識《むいしき》にうたっているんだろう。

レベッカを好《す》きになっちゃうなんて、大ばか者だ。このクラスでレベッカとつりあう男子は、パーカーかブレットくらいしかいないのに。

ぼくは、ポケットのなかのUSB《ユーエスビー》メモリをいじりながら、ぼそっと答えた。

「元気」

ほらね。たとえ催眠術《さいみんじゅつ》の力を借《か》りてレベッカをデートにさそえたとしても、こんなに口べたじゃ、あきれられるだけだ。

そのときレベッカがいった。

「あっ、しまった。エリック、えんぴつ一本、貸《か》してくれる？」

ぼくは、机《つくえ》の天板を上にパカッとあけた。HB《エイチビー》のえんぴつが七本きれいにならんでいる。ダサいと思われたかもしれないけど、一本とってレベッカにわたした。

「ありがとう。今日、算数のテストがあること、わすれてたよ」

ぼくは、うなずくことしかできなかった。

レベッカは、さらになにかいいかけたけど、マギーが教室にかけこんできて、ぼくとは反対側《はんたいがわ》のレベッカのとなりの席《せき》にすわると、じまんの飼《か》いネコがキャットフードのコマーシャルに出た話を始めた。

ぼくは、ほっとした。これでもうレベッカは話しかけてこないだろう。でも、まだおなかがねじれているみたいな感じがした。早く家に帰って、ミートボールに会いたかった。ミートボールは、ぼくが口ごもっても口べたでも気にしないし、片思《かたおも》いをからかったりもしない。ぼくもミートボールのいびきは大目に見てやろう。

でも、このとき、ぼくは知らなかったんだ。このあととんでもないことが待ちうけていることを。そしてそれが、すべてミートボールのせいで起きるということを。

5

いちばん早く学校から家に帰ってくるのは、たいていぼくだ。マーシーとフェイスはバスケの部活があるし、おかあさんとトニーは仕事に行っていて家にいない。ぼくがリビングに入ると、いつもアリアドネがテレビの前のソファに陣《じん》どっていて、しっぽをゆらゆらゆらゆらさせながら、ここにすわろうなんて思わないほうがいいわよ、って顔でぼくを見る。オデュッセウスは、ぼくの部屋の前を行ったり来たりして、ドアがあくのを待ちかまえている。ぼくのベッドにおしっこをしたくて、うずうずしているんだ。

だけど今日は、勝手口から家に入ると、いつもとはちがう感じがした。なぜだかわからない。キッチンに変《か》わったようすはなかった。どこからか、かすかに地鳴りのような音が聞こえるくらいだ。それがなんの音かわかったのは、しばらくたってからだった。

キッチンのテーブルに、メモが置《お》いてあった。

エリックへ
昼休みにミートボールを家に連れ《つ》れてかえりました。いびきがうるさすぎて、病院に来る動物たちがこわがっちゃったから！

学校から帰ってきたら、散歩《さんぽ》に連《つ》れていってあげてね。最低《さいてい》十五分は歩かせること。

この子、運動不足《ぶそく》だから！　お水を持っていくのをわすれずに。

おかあさんより

ミートボールが家にいるって？　ぼくはメモをテーブルの上にもどしてリュックをおろし、ろうかを通ってリビングをのぞいた。

ミートボールは、茶色い革張《かわば》りのソファに寝《ね》そべっていた。顔は背《せ》もたれのクッションにうもれて見えないけれど、大きないびきがはっきりと聞こえる。部屋を見まわすと、アリアドネとオデュッセウスが、暖炉《だんろ》の台の上にちんまりとすわっていた。二ひきそろってしっぽをゆらし、怒《いか》りに燃《も》えた目で、のんきに眠《ねむ》っているミートボールをにらんでいる。

リビングに入ると、ぼくの足元の床《ゆか》がきしんだ。ミートボールが、むくっと起きあがる。そのひょうしにクッションが三つ、ソファから落ちた。ミートボールは、きょとんとし、ベロンと鼻をなめ、頭をふり、ほっぺたをタプタプさせた。それから、あたりを見まわし、ぼくに気づくと、ぱっと顔をかがやかせた。にんまりと笑《わら》ったようにも見えた。ソファから飛《と》びおり、ラグをしわくちゃにして、転がるように走ってくる。そして、ずんぐりした体をくねらせながらせいいっぱい飛《と》びはねた。うれしくてたまらない気持ちが伝わってくる。ミートボールは、ぼくのひざにつっこんできて、うしろ足で立ちあがり、おしたおそうとした。

でもぼくだって、同じ手にひっかかるほどばかじゃない。首輪《くびわ》に指をかけて、ミートボールを引きはなす。

「ミートボール。わかったってば」ぼくは、うれしさをかくしていった。いままでネコたちから受けてきたおかえりのあいさつよりもずっとすてきだ。「ほら、散歩《さんぽ》に行くよ」

「散歩《さんぽ》」は、ミートボールにとって魔法《まほう》のことばだったみたいだ。そのことばをきいたとたん、ぼくの手をふりきり、うれしそうに鼻を鳴らしながらリビングを走りまわった。毛足の長いカーペットに足をとられてつまずいたり転んだりしても、そのたびに起きあがって走りつづける。舌《した》をたらした顔は、笑《わら》っているみたいだ。ミートボールは、コーヒーテーブルの脚《あし》のまわりを回り、暖炉《だんろ》の台からたれさがっているネコたちのしっぽにふざけて飛《と》びついた。二ひきそろって、シャーッと怒《いか》りの声をあげる。ミートボールがジャンプするたび、ドスンという音とともに家がゆれた。

アリアドネが、ぼくを冷《ひ》ややかな目で見た。まるで、このやっかいなやつを連《つ》れてきたのは、あんたよね。おぼえてなさい、といっているようだった。

ぼくは、ミートボールにまとわりつかれながらリビングをかたづけた。床《ゆか》に落ちたクッションをソファの上にもどし、くしゃくしゃになったオレンジと白のブランケットをたたみ、ななめにずれたコーヒーテーブルとラグをととのえた。そのあいだずっと、ネコたちの冷《つめ》たい視線《しせん》を感じ、おねえちゃんたちが文句《もんく》をいう声が頭のなかでひびいていた。クッションによだれのようなシミを見つけたのでシャツの裾《すそ》でこすって、みんなが帰ってくる前にかわきますようにとねがった。

粘着《ねんちゃく》ローラーでぬけ毛のそうじもした。べたべたしたテープがロール状《じょう》になっているおそうじグッズで、ソファやカーペットの上でコロコロと転がすとネコの毛がものすごくよくとれる。アリアドネとオデュッセウスの毛をとるのに、おかあさんがおねえちゃんたちに買ったものだけど、ふたりが使っているのを見たことがない。ためしにソファに使ってみたら、びっくりするほど毛がとれた。

「ミートボール、行くよ」ぼくは、ようやく勝手口にむかった。

キッチンに犬用の水筒《すいとう》が用意してあった。ひもがついていて首からさげられるようになっているから、手がふさがれずにすむ。さっそく水を入れ、ひもを首にかけた。小さくまいたリードも、勝手口の棚《たな》の上に置《お》いてあった。ミートボールがはしゃぐせいで手こずったけれど、首のしわを持ちあげて、うもれている首輪《くびわ》を引っぱった。とちゅうで電話が鳴った。ぼくはブルドッグで手いっぱいだったので留守番電話《るすばんでんわ》にまかせると、電話から男の人の声が聞こえた。

「やあ、マーシー。やあ、フェイス。ジョージだ。コーチが、ミーティングの相談がしたいってさ。折《お》りかえし電話もらえるかな？」

ジョージは、じぶんの電話番号をいって電話を切った。マーシーとフェイスに友だちがいたとは。しかも、男の友だちが！

やっと首輪《くびわ》にリードをつけ、勝手口をあけて太陽の下に出た。九月最後《さいご》の日、葉っぱは黄色く色づきはじめている。ミートボールは、車道の手前で、頭の先からしっぽの先までブルブルとふり、それから大きく深呼吸《しんこきゅう》をした。ぼくもまねをした。もちろん、まねをしたのは深呼吸《しんこきゅう》だけだ。空気はすんでいて、風は心地よく、アップルサイダーみたいな秋のにおいがする。

ミートボールがまよいなく車道を左に曲がったので、ぼくはついていった。このあたりはしずかな住宅地《じゅうたくち》なので、どこを散歩《さんぽ》させてもミートボールがこわがるような猛《もう》スピードの車にあったりはしない。パーカーのうちへ行ってマーリンと遊ばせようかな？　それとも、ダニーのうちへ行ってボタンに会わせようかな？　ぼくひとりでミートボールを散歩《さんぽ》させるのも悪くない。おとなになったみたいでかっこいい。行き先は、ミートボールにまかせることにした。

これが、大きなまちがいだった。

ミートボールは、フェンスの支柱《しちゅう》や木や消火栓《しょうかせん》を見るたびに立ちどまり、うれしそうに鼻をフガフガいわせてにおいをかいだ。近所の人たちが二、三人、庭先から手をふってくれた。十字路で、左に曲がればパーカーの家へ行けるけれど、ミートボールは右に曲がった。それからまた右に曲がり、坂道をのぼっていった。このあたりは、りっぱな家ばかりだ。植えてある木も大きくて、ミートボールは三十秒ごとに長いくんくんタイムをとったけれど、ぼくはぜんぜん気にならなかった。だれとも話さずにすむから気が楽だ。のんびりと歩きながら、つくりかけのホームページやパソコンのことを考えられる。

何本か道をわたると、ミートボールは、ある一戸建《いっこだ》ての家の前で立ちどまった。窓《まど》にむらさき色の鎧戸《よろいど》のついたうすいグレーの家で、まわりにポーチがついている。

ミートボールは、白いフェンスのすきまに顔をつっこみ、フゴフゴと鼻を鳴らした。

ぼくは、正面のポーチの前に植わっている、大きな花をつけた茂《しげ》みをながめていた。よく見ると、大きな花だと思ったのは、小さなむらさき色や青色の花があつまった房《ふさ》だった。フェンスのわきに目をやると、紺色《こんいろ》のハイブリッド車と自転車があった。車のバンパーには、政治《せいじ》や環境保護《かんきょうほご》のメッセージのついたステッカーがはってある。

ぼくは、目をこらした。どこかで見たことのある車だ。学校で見かけたのかな？　自転車はうすむらさき色で、前に白いかごがついている。そのかごにはシールがたくさんはってあった。ネコのシールが……。

ここは、レベッカの家じゃないか！

ぼくは、パニックになった。レベッカが、たまたま窓《まど》のそとを見て、ぼくに気づいたらどうしよう！　ストーカーだと思われちゃう！

ミートボールのリードをほうりだして、いちもくさんににげたかったけれど、もちろんそんなことはできない。

「ほら、行くよ！」ぼくは、早足で歩きはじめた。

と、腕《うで》がいきおいよく引きもどされ、もげそうになった。ふりむくと、リードがぴんぴんにはっている。ミートボールが、レベッカの家の前で足をふんばっていたんだ。まるで、根っこが生えてしまったみたいに動かない。コンクリートに足の爪《つめ》を立て、肩《かた》をいからせ、全体重をかけてリードを引っぱりかえしている。おいらはぜったいに動かないぞ、というようながんこな顔をして……。

大大大ピンチじゃないか！

6

「ミートボール、行くぞ」ぼくは、必死《ひっし》にリードを引っぱった。

レベッカがいつそとに出てくるかわからない！　もしかしたら、いまちょうど家のなかから見ていて、エリックったら、まともに犬を散歩《さんぽ》させることもできないの？　って思っているかも……。

全体重をかけて引っぱったけれど、ミートボールは、おでこにしわを寄《よ》せただけで、ぴくりとも動かなかった。まるで、おい、エリック、だいじょうぶか？　いったんすわって落ちつこうぜ、といっているみたいだ。

落ちついてる場合じゃないから！　いますぐ消えたいくらいなんだから！

「ミートボール、おいでったら。たのむよ」

でもミートボールは、かたほうの前足をあげ、まじめくさった顔でそのにおいをかぐと、なんと歩道にぺたんと伏《ふ》せてしまった。

どこかの家の犬がキャンキャンとほえはじめる。だけどミートボールは、耳をピクッと動かしただけだった。ぼくは、レベッカの家をちらりと見た。一階の窓《まど》の白いカーテンがゆれたように見えた。気のせいだろうか？　ひょっとして、だれかが見てる？

もう一度、リードを力いっぱい引っぱってみる。ミートボールは、むっくりと起きあがり、前足をつっぱって抵抗《ていこう》した。また窓《まど》のカーテンがゆれた。こんどは、気のせいなんかじゃない。だれかが玄関《げんかん》から出てくる！　きっとレベッカだ。もうおしまいだ！

ぼくは、せっぱつまってジャンパーの内側《うちがわ》のポケットをさぐった。ミートボールの気を引くなにかが、入っているかもしれない。

家の鍵《かぎ》、レジ袋《ぶくろ》、ＵＳＢ《ユーエスビー》メモリ、図書館のカード……。つぎの瞬間《しゅんかん》、ぼくは、やったー！　とさけびそうになった。かたくてぼそぼそした手ざわりのもの。待合室に落ちていた犬用ビスケットだ！　きのうひとつしかあげなかったから、もうひとつのこっていたんだ。

ぼくはとりだして、ミートボールにふってみせた。

「ほら、ミートボール。これ、なーんだ？　ほしいよね？」

ミートボールの耳がピクッと前をむく。おでこのしわが持ちあがる。鼻がだんだん近づいてくる。ミートボールは、すこしずつ、すこしずつ、身を乗りだした。ぼくは、ミートボールがとどきそうでとどかないところでビスケットをふり、それからうしろに飛《と》びのいた。

ミートボールが、ビスケットに飛《と》びかかる。ぼくは、ぎりぎりのところで手を引っこめた。あとちょっとおそかったらとられていただろうし、そしたらミートボールは、またすわりこんでいたにちがいない。

ミートボールは、ひょこひょことついてきた。目は、ビスケットにくぎづけだ。こうしてミートボールをレベッカの家から数メートルほど引きはなすと、ぼくはくるりと回れ右をした。

同時に、レベッカの家の玄関《げんかん》のあく音が聞こえた。

ぼくは、いちもくさんにかけだした。ミートボールが、追いかけてくる。ビスケットのためなら、なんだってするようだ。

「エリック?」

レベッカの庭のすみに植わった背《せ》の高い茂《しげ》みを通りすぎるとき、ぼくをよぶ声が聞こえた気がした。でも、道をわたってつぎの角を曲がるまで走りつづけた。レベッカの家が見えなくなってからようやく立ちどまり、ひざに手をついてあえいだ。ミートボールは、ぼくよりゼイゼイしていたけれど、ぼくの手に頭突《ずつ》きをして、しつこくおやつをねだった。

「これをもらう資格《しかく》はないと思うけどなあ」といいながら、ぼくは、ビスケットを小さくくだいて、食べさせてやった。

ぼくは世界一のまぬけだ。さっき家から出てきたのがほんとうにレベッカだったのなら、いまごろ、ぼくのことをどんなふうに思っているだろう? 家のまわりをうろついて、見つかったとたんあわててにげた変《へん》なやつ?

ぼくはいった。

「やらかしてくれてありがとう」

ミートボールは、フゴッと鼻を鳴らしてぼくの足に寄《よ》りかかった。間のぬけた顔が、にやっと笑《わら》っているように見えた。

ぼくの顔は、火がついたみたいにほてっていた。頭のなかに、さっきの場面がなんどもなんどもうかぶ。きっとレベッカは、窓《まど》のそとを見てぼくに気がつき、こんなふうに思っただろう。あれは、もしかしてエリック？　わたしの家の前でなにしてるのかな？　そっか、わたしのことが好《す》きなんだ。えーっ、やだな。それに、いっしょにいる犬は、なんて変《へん》な顔なの？

レベッカは、ネコ派《は》だから、きっと犬がきらいだ。

家には、だれもいなかったのでほっとした。ネコたちは、いつものようにソファでくつろいでいる。ぼくとミートボールがリビングに入ると顔をあげ、こっちをにらみながらゆらゆらゆらとしっぽをゆらした。こっちに来るな、といっているんだ。

だけどもちろん、ミートボールにはまったく通じなかった。リビングに入るとすかさずソファに飛《と》びのって、むじゃきに笑《わら》っているような顔をした。じぶんがネコたちと会えてうれしいなら、ネコたちもじぶんに会えてうれしいはずだと信《しん》じているんだ。

アリアドネとオデュッセウスは、シャーッとおこってソファから飛《と》びおり、階段《かいだん》をかけあがっていった。ぼくの前を通りすぎたのに、引っかくよゆうもなかったみたいだ。

ミートボールはソファからぼくを見あげて首をかしげた。ひどいや。そりゃ、おいらはちょっとにおうかもしれないけど……そこまでくさいか？　とでもいいたげだ。

「やったね！　ミートボール、これがどういうことかわかる？　テレビを見られるってことだよ。昼間にテレビを見るなんて、いつ以来《いらい》かな。思いだせないくらい前だよ」

ミートボールは、じぶんの鼻をベロンとなめた。ぼくは、ソファのまんなかに陣《じん》どっているミートボールを力いっぱいおして、あいたスペースに腰《こし》をおろした。いままで、ひとりで家にいるときは、ネコにおそわれたくないから、たいていじぶんの部屋にとじこもっていた。だから、こんなふうにリビングをひとりじめできるなんて、ふしぎな感じだ。正確《せいかく》には、「ひとりと一ぴきじめ」だけどね。

ミートボールは、その場でくるりと回ってクッションをソファから落とし、ぼくの太ももにあごをのせた。そのせいで、ぼくは動けなくなってしまった。

でもどっちみち、あんなことがあったあとだから、宿題なんて手につかない。今週金曜日がしめきりの「エジプトのファラオ*にインタビューしてみたら」というテーマの作文は、学校のパソコン室でもう半分くらい書いて、USB《ユーエスビー》メモリに保存《ほぞん》してある。

とにかくいまは、レベッカの家の前で起きたことをわすれたい。テレビをつけてチャンネルをつぎつぎ変《か》えていると、「バトルスター・ギャラクティカ」**の一挙放送《いっきょほうそう》をやっていたので見はじめた。見たことのある回だったのが、かえってよかった。あっという間に眠《ねむ》ってしまったミートボールのいびきがうるさすぎて、セリフが半分も聞きとれなかったからだ。

一時間後、マーシーとフェイスが帰ってきた。ふたりは勝手口から入ってくると、チュッチュッチュッとキスの音を立ててネコたちをよんだ。でも、アリアドネもオデュッセウスも二階からおりてこなかった。リビングを追いだされて、腹《はら》を立てているんだ。

おねえちゃんたちはリビングに入ってくるなり、ぼくとミートボールをソファに生えたカビでも見るような目で見た。今日もふたりは、同じ形で色ちがいのセーターを着ている。マーシーはターコイズブルー、フェイスはダークグリーンのセーターだ。ふたりとも、バスケの部活のあとに学校でシャワーを浴《あ》びたみたいで、髪《かみ》の毛《け》がぬれている。

「アリアドネは？」と、マーシー。

「オデュッセウスは？」と、フェイス。

ぼくは、肩《かた》をすくめていった。

「二階じゃない？　うちって、けっこう広いから」

マーシーは、氷のように冷《つめ》たい目でリビングを見まわし、それからミートボールを

＊古代エジプトの王の呼《よ》び名《な》。ギザの大ピラミッドを建設《けんせつ》したクフ王や、ツタンカーメン王がよく知られている
＊＊アメリカのSFドラマシリーズ。地球からはるか遠い星で暮《く》らしていた人間たちが、機械人間サイロンに追われて、伝説の星「地球」をめざす

また見ていった。

「いつもは、ここにいるけど」

「うーん、ぼくらといっしょにテレビを見たくなかったのかも」

フェイスは、腰《こし》に手を当てていった。

「学校の宿題で、DVD《ディーブイディー》を見なくちゃいけないんだけど」

「じゃあ、どくよ」宿題なんてうそだと思ったけれど、ぼくはそう答えて立ちあがろうとした。

ところが、ボウリングの球のように重いミートボールの頭が、太ももにのっかっていて動けなかった。どかそうとしたら、ますます大きないびきを立てて、さらに深くのっかってきた。

「えっと……あのさ、この番組、あと二十分くらいで終わるから、すこしだけ待ってくれない?」

ぼくがそういったときのおねえちゃんたちのおこった顔ときたら、さっきのネコたちとそっくりだった。いつもいいなりのぼくが口答えしたから、ふたりは、口をぱくぱくさせるばかりでことばが出てこなかった。

ぼくは、いそいでつけくわえた。

「そういえば、留守電《るすでん》のメッセージ、聞いた？　ジョージって人から電話があったよ」

これは、効果《こうか》てきめんだった。

「ジョージ？」と、フェイス。

「ジョージって、ジョージ・マーヴェル？」と、マーシー。

ぼくは、また肩《かた》をすくめていった。

「さあ。うちあわせがどうのっていってたよ」

「わたしがかけなおす！」フェイスが、階段《かいだん》にむかって走りだした。

「待ってよ。わたしがかけなおす！」マーシーが、あとを追う。

ふたりは、ものすごいいきおいで階段《かいだん》をかけあがっていった。かっこいいオスをねらう二頭のメスのバッファローみたいだ。

「なあ、ミートボール。どうして、ぼくに電話をくれる女の子はいないんだろうね？」

ぼくは、ミートボールの頭のしわをかいてやりながらいった。

ミートボールは、すこしだけ目をあけ、そりゃ、きくまでもないだろ、とでもいいたげな顔をして、また目をとじた。

ぼくは、いますぐジョージってやつに電話をかけて、おねえちゃんたちがどんなにいじわるかいいつけてやりたくなった。でももちろん、ほんとうにそんなことをしたら、寝《ね》ているあいだに首をしめられることになる。

つぎに、トニーが家に帰ってきた。ポケットのなかの鍵《かぎ》をジャラジャラさせてリビングに入ってくると、テレビを見て顔をしかめた。

「おっ、エリック、なにを見てる？　ずいぶん物騒《ぶっそう》なドラマだな。そんなもの見ていいのかい？」

あいかわらずトニーは、父親っぽくふるまおうとがんばっている。現実《げんじつ》の父親っていうよりドラマに出てくる父親っぽいけどね。

「おかあさんといっしょに見たことがあるから、だいじょうぶだよ。許可《きょか》してもらった番組は、なんども見ていいことになってるんだ。内容《ないよう》に問題があるときは、ちゃんと話しあってるし」

友だちにはいわないけれど、「バトルスター・ギャラクティカ」をいっしょに見てくれるおかあさんって、かっこいいと思う。

「ほう、なるほど。それで……宿題はやったのかい？」

こんどはそう来たか。

「すこししかないから、夕飯《ゆうはん》のあとにやるよ」

トニーはうなずいたけれど、いまやりなさいといったほうがいいか、まよっているみたいだ。ぼくはいった。

「もうしばらく、ソファでミートボールとゆっくりしたいんだ」

「ああ、そうか」トニーは、ミートボールを見てにっこり笑《わら》った。「いま見ているやつが終わったら、ニュースを見ていいかい？」

「もちろん」

トニーは、ミートボールの巨大《きょだい》なおしりとソファのひじかけのあいだのせまいすきまに腰《こし》をかけ、ミートボールのおなかをなでた。ミートボールが、ねぼけまなこのままゴロンとあおむけになる。

コマーシャルになると、トニーがいった。

「学校はどうだ？　新しい担任《たんにん》の先生は好きになれそうかい？」

「ピアリー先生ね。いい先生だよ。レオナルド・ダ・ヴィンチおたくだけど」ぼくは答えた。

ピアリー先生は、新年度が始まった日から、教室をダ・ヴィンチ色にそめようとしている。先生の机《つくえ》のうしろの壁《かべ》にはダ・ヴィンチのポスターがはってあって、愛用《あいよう》しているマグカップにはダ・ヴィンチが設計《せっけい》した機械《きかい》の絵がついている。ぼくたちはいま、古代エジプト文明を勉強しているところだから、ダ・ヴィンチが活躍《かつやく》したルネッサンス時代を習うのはまだまだ先なのに、なにかというと目をかがやかせてダ・ヴィンチの話に脱線《だっせん》するんだ。この調子だと、この学期が終わるころには、うちのクラスはひとりのこらず、ダ・ヴィンチおたくになっちゃいそうだ。

「友だちはみんな元気かい？　彼女《かのじょ》ができた子は？」トニーが、歯を見せてにかっと笑《わら》った。

トニーは、いつも女の子にかこまれているパーカーをよくからかう。でもパーカーは、クラスの女子をそういう目では見ていないようだ。

「いないいないいないいない。いるわけない」ぼくは全力で否定《ひてい》した。

「そんなにむきにならなくても」トニーが苦笑《にがわら》いする。

「あっ、ドラマが終わったよ。宿題やらなきゃ」ぼくは、あわててリモコンをトニーにわたし、太ももにのっかっているミートボールをゆすって起こした。

ミートボールは起きあがると、トニーに頭をなでさせてやってから、ぼくについて階段《かいだん》をのぼった。

ネコたちはフェイスの部屋の前をうろうろしていたけど、ぼくがじぶんの部屋のドアをあけても近づいてこなかった。部屋に入ると、ミートボールは、しばらくフガフガいいながらカーペットの上を転がってから、ベッドの下にもぐりこんだ。大きなおしりと切《き》り株《かぶ》みたいなしっぽだけが、そとにはみだしている。まもなく、ベッドがゆ

＊一四五二〜一五一九。フィレンツェ共和国《きょうわこく》（現在《げんざい》はイタリア共和国《きょうわこく》の一都市）の芸術家《げいじゅつか》であり、科学者。幅広《はばひろ》い分野で活躍《かつやく》した「万能《ばんのう》の天才」とされる

れるほどの大きないびきが始まった。
パソコンを立ちあげ、チャットサイトにログインすると、パーカーとダニーとトロイから、メッセージが山ほどとどいていた。パーカーがまだログインしていたので、メッセージを送る。

ぼく：　やあ。どうしたの？　なにかあった？

パーカー：　どこにいたんだ？　パソコン中毒《ちゅうどく》のおまえが。

ぼく：　ミートボールを散歩《さんぽ》に連《つ》れていったあと、一階でテレビを見てた。それより、ぼくはパソコン中毒《ちゅうどく》じゃないから！

パーカー：　はいはい。

そのとき、パソコンの通知音がなって、「マルシーズー」という子からのメッセージがとどいた。知らないアカウント名だ。メッセージをあけてみる。

マルシーズー：　エリック、こんにちは！

ぼくのことを知っているらしい。

ぼく：　やあ。だれ？

マルシーズー：　レベッカだよ！

心臓《しんぞう》が止まるかと思った。まさかまさかまさか！　どうしてとつぜん連絡《れんらく》してきたんだ？　パソコンの画面をぼうぜんと見つめる。どう返事すればいいのかさっぱりわからない。一文字も打てないまま、カーソルがチカチカと点滅《てんめつ》をつづける。と、またメッセージがとどいた。

マルシーズー：　あのね、今日、うちのそとでエリックを見かけた気がするんだけど……。

7

頭が真っ白になった。ぼくはフーディーニみたいに勇敢《ゆうかん》じゃない。パーカーみたいにかっこよくもない。ぼくは、ただのエリック。レベッカのような女の子と気軽にチャットできるタイプじゃないんだ。じぶんでもわかってる。小心者だ、って。でも、こんなとき、みんなだったらどうするんだろう。

ぼくは、とんでもなくばかなことをしてしまった。パソコンの電源《でんげん》ボタンをおして、机《つくえ》の前から飛《と》びのいちゃったんだ。パソコンは正しくシャットダウンしなきゃいけないことくらい、もちろん知っている。でも、まともに考えられなくなっていた。

パソコンはウィーンと変《へん》な音を立てて、画面がまっくらになった。ぼくは、床《ゆか》にへたりこみ、頭をかかえた。ミートボールが、ベッドの下からはいだし、おでこにしわを寄《よ》せて、どうした？　という顔をする。

「ぜんぶ、おまえのせいだぞ。ひどいや」

ミートボールが、首を右にかしげ、左にかしげる。それから、そうか、こうしてほしいんだな、というようにぼくの顔をなめはじめた。

「わっ、やめろ！　ミートボール！　あっち行って！」ぼくは、ミートボールのがっちりした肩《かた》をおしもどした。

でも、ミートボールは、なにがなんでもぼくをなぐさめたかったらしい。たるんだ首の皮に半分うまった顔をしわくちゃにして、ピンク色の大きな舌《した》で、ぼくのほっぺたをベロンベロンなめつづけた。ぼくは、あきらめてうしろにたおれ、声をあげて笑《わら》った。

ミートボールは、満足《まんぞく》そうにぼくの胸《むね》にのっかった。にんまりとほほえんでいるようにも見える。

「ゆるしたわけじゃないからね。そもそも、まだ飼《か》うと決めたわけじゃないし。いい子にしてたほうが、おまえのためだぞ」

ミートボールは返事の代わりに、ぼくのT《ティー》シャツによだれをたらした。

その日は、もうパソコンにはさわらなかった。そしたらパーカーが、心配して電話をくれた。パソコンの調子がおかしくなったと答えておいたけれど、信《しん》じていないようだった。買ってもらったばかりのパソコンだから、もしそれがほんとうなら、ぼくがもっとあわてているはずだと思ったのかもしれない。でも、レベッカのことを話す気にはなれなかった。これ以上《いじょう》、恥《はじ》をかきたくなかったんだ。

あした学校へ行くのが不安《ふあん》でたまらない。レベッカに面とむかって今日のことをきかれたら、なんて答えればいい？

つぎの日の朝、目がさめたときも、おなかのなかで小さなミートボールが大あばれしているような気分だった。一階では、おかあさんがコーヒーを飲んでいて、フェイスがトーストをこがしていた。おねえちゃんは、なぜかこげたパンが好《す》きなんだ。

ぼくは、ミートボールを庭に出すために、靴《くつ》ひもを結《むす》びなおしながらいった。

「おかあさん。具合が悪いんだけど、今日は学校休んでもいいかな？」

「うそつき」フェイスが、あきれたように目をぐるりと回す。

おかあさんは、心配そうに眉《まゆ》を寄《よ》せて、ぼくのおでこに手を当てた。

「熱《ねつ》はないみたいだけど……」

ぼくが病気になると、おかあさんは獣医《じゅうい》さんの顔になる。うっかり人間用の薬を犬のおやつにまぜて、ぼくに飲めといいだしそうだ。

「おなかの調子が悪いんだ」

うそじゃなかった。レベッカのことを考えるたびに、おなかがきりきりする。

「仮病《けびょう》じゃん？」フェイスは、冷蔵庫《れいぞうこ》からラズベリージャムをとりだし、おかあさんのうしろからぼくにむかって、べーと舌《した》を出した。

おかあさんは、あごを人さし指でたたきながら、しばらくなにか考えていたけれど、口をひらくとこういった。

「うーん。わかったわ。でも、今日は予約《よやく》がいっぱいで仕事を休めないのよ。トニーに、家にいてもらえるかきいてみる？　それともおとうさんに？」

「ううん。ひとりでだいじょうぶ」ぼくは、ほっとして答えた。

こういうとき、ふだんいい子だと得《とく》をする。マーシーとフェイスだったら、こううまくはいかないはずだ。大きなテストがあるたびに、ずる休みしようとするんだから。でもぼくは、そんなの一度もしたことがないし、具合が悪くても、むりして学校へ行くくらいだ。だって、一日じゅう、アリアドネとオデュッセウスと過《す》ごすよりはマシだ。

そういうわけで、おかあさんはぼくを信《しん》じてくれた。

「じゃあ、ミートボールは置《お》いていくわね。なにかあったら、おかあさんかトニーに電話して」

「そのよだれ犬と家にいたいだけじゃん?」と、フェイス。

「フェイス、よけいなことをいわないの」おかあさんはそういいながら、もう新聞を手にとって読みはじめていた。

これ以上《いじょう》おねえちゃんたちに嫌味《いやみ》をいわれたくなくて、ぼくは、さっさと庭に出た。しばらくミートボールを歩きまわらせて、それから部屋にもどり、みんなが出かけるのを待った。

いつまでも家にかくれていられないのは、わかっていた。でも、あしたになれば、レベッカも、ぼくが家の前にいたことをわすれてくれるかもしれない。

九時になると、ようやくパソコンを立ちあげる気になった。みんな学校にいるはずだから、「マルシーズー」とチャットでつながる心配もない。

ぼくは、受信《じゅしん》トレイにとどいていたダニーとトロイのメールを読み、それからお気に入りのサイトをチェックしたけれど、とくに興味《きょうみ》を引くものはなかった。テレビを見る気分でもない。

早く六年生が終わらないかなあ、なんて考えていると、ミートボールが、机《つくえ》の下にもぐりこんできて、ぼくの足元にゴロンと寝《ね》ころび、フゴッと鼻を鳴らした。

ぼくは、ミートボールに話しかけた。

「ねえ、なにする？　またネコたちをおどかしにいく？　あれ、楽しかったよね」

ブフッ。ミートボールは鼻を鳴らし、目をとじた。タプタプのほっぺたが、カーペットの上にのっかっている。

「だめ？　じゃあ、作文を終わらせちゃおうかな」

ぼくは、ミートボールを起こさないよう椅子《いす》にすわったまま手をのばし、ベッドの下からジャンパーを引っぱりだした。内側《うちがわ》のポケットに手をつっこみ、USB《ユーエスビー》メモリをさがす。

「あれ、おかしいな」

ポケットをうらがえしてみる。もうかたほうのポケットも見てみた。きのうはいていたズボンのポケットも確認《かくにん》した。リュックもさかさにして中身をぜんぶ出してみたけれど、どこにもなかった。もう一度、ジャンパーをたしかめてみる。

そして気づいた。

なくしたんだ。

たいへんなことになった。半分書いた作文をはじめからやりなおさなくちゃいけない。それだけじゃない。だれかにひろわれたら、ここ一か月の宿題をぜんぶ見られてしまう。個人的《こじんてき》なものだってたくさん保存《ほぞん》してある。つくりかけのフーディーニのホームページのアイデア、手品のやり方、友だちにあげようと思っているプレゼントのメモ、マーリンの写真、トロイが録画《ろくが》してくれたぼくのへたくそな手品の動画……。

ぼくは、なんでもパソコンで管理《かんり》して、もしものためにUSB《ユーエスビー》メモリにも保存《ほぞん》するんだ。だけど、そのもしものためのUSB《ユーエスビー》メモリをなくしてどうする！

ねんのため、ここ一週間のあいだに着た服をぜんぶ確認《かくにん》した。でも、どこにもなかった。ぼくは、必死《ひっし》に考えた。どこでなくしたんだろう？

机《つくえ》の下でミートボールが、のんきな顔をして、ぼくを見あげる。

「だよね。USB《ユーエスビー》メモリをだれかにひろわれたって、おまえには関係《かんけい》ないもんな」

ミートボールは、大きなピンク色の舌《した》でじぶんの鼻をベロンとなめると、口をもごもごさせて目をとじた。

「うそ……まさかね？」

ミートボールが食べちゃったの？

ぼくは、床《ゆか》にひざをつき、ミートボールのタプタプのほっぺたを持ちあげて口のなかを見た。ミートボールはびっくりして目をあけ、ウッフとほえた。それから、むっとしたような顔をした。まるで、おいらをうたがうなんてひどいじゃないか、といっているみたいだ。ミートボールの息は、犬用ビスケットのにおいがした。

ふと、最後《さいご》にUSB《ユーエスビー》メモリを持っていたときのことを思いだした。レベッカの家の前でポケットをさぐっていたときだ。

「おまえのせいだ！　きっと走ってにげたときに落としちゃったんだ」ぼくは、ミートボールのわき腹《ばら》をつついて立ちあがった。

ミートボールも、のそりと起きあがる。舌《した》を口の横からたらして、ハアハアと息をする。にんまりと笑《わら》っているような顔が、カチンと来る。

「レベッカにひろわれてないといいけど」ぼくは、頭をかきながらいった。

USB《ユーエスビー》メモリには、レベッカのことは書いていないはずだ……でもわすれているだけだったらどうしよう。それに、レベッカに見つけられたら、きのう家の前にいたのがぼくだって証拠《しょうこ》になってしまう。

「いまからさがしにいこう。レベッカが学校にいるあいだに、見つければだいじょうぶ」

ミートボールはしっぽをふって大よろこびし、うしろ足で立ちあがって飛《と》びはね、最後《さいご》に頭を低《ひく》くしておしりを高く持ちあげ、「遊ぼう」というポーズをした。

「おまえは留守番《るすばん》に決まってるだろ」つい口調がきつくなる。

腕時計《うでどけい》をたしかめると、十時前だった。レベッカが家にいる可能性《かのうせい》はゼロだ。だけど、ひとりでレベッカの家の前をうろついていたら、不審者《ふしんしゃ》だと思われるかも。やっぱりミートボールを連《つ》れていったほうがよさそうだ。

「わかった、いっしょに行こう。でも、ばかなまねはしないでよ」ぼくはそういって、ミートボールと一階におりていった。

ミートボールは、フガフガいいながらキッチンを走りまわった。おかげで、リードをつけるのにまた手こずった。オデュッセウスは、パントリーの棚《たな》の上にすわって、黒いしっぽをゆらゆらとゆらしている。アリアドネは見あたらなかったけれど、復《ふく》讐《しゅう》しようと、ぼくの部屋までせっせとトンネルを掘《ほ》っているのかもしれない。

ねんのため勝手口のまわりでも、USB《ユーエスビー》をさがしてみた。ミートボールがうしろ足で立ちあがってリードを力いっぱい引っぱる。ぼくは、ミートボールに引っぱられながら、あたりをきょろきょろと確認《かくにん》した。でも、USB《ユーエスビー》メモリは落ちていなかった。

ミートボールが、きのうと同じ道を行こうとしたせいで、家の前で引っぱりあいになった。ミートボールは行きに通った道、ぼくは帰りに通った道を行きたかったんだ。

しばらくつなひきをしたあと、ミートボールはようやくあきらめた。それからあとは楽だった。ミートボールがしょっちゅう立ちどまってにおいをかぐから、時間をかけてさがすことができた。

ところが、レベッカの家の通りに来ると、ミートボールのようすが急に変《か》わった。ぼくが落ち葉を足でどかしながらＵＳＢ《ユーエスビー》メモリをさがしていたら、ふいにミートボールが、耳をピクッと動かし、鼻をフンフンいわせて、全速力で走りだしたんだ。太った足の短い犬が、こんなに速く走れるなんてびっくりだ。リードは、あっという間にぼくの手をするりとぬけ、気づいたときには、ぼくの犬は茶色と白の点になっていた。

「ミートボール！　おすわり！　待て！　止まれ！」ぼくはさけんだ。

でもミートボールは、「おすわり」はもちろん、ふつうの犬ができる技《わざ》をなにひとつ知らない。ぼくは、あわてて追いかけた。

ミートボールは、レベッカの家の前で急停止《きゅうていし》し、フェンスのすきまに鼻をつっこんだ。そして力ずくで通りぬけようとしたけれど、むりだとわかると、フェンスを前足で引っかいてかなしげにほえた。

ぼくは、息を切らしながらレベッカの家の前にたどりつくといった。

「なにしてるんだよ。どうしちゃったの？　なんでこの家がそんなに好《す》きなの？」

ミートボールはおすわりをして、フェンス越《ご》しにレベッカの庭をせつなそうに見つめた。まるで、ずっとさがしていた母親をついに見つけたような目をしている。

ぼくは、ミートボールとレベッカの家をかわるがわる見た。

「もしかして、ここがおまえの家なの？」

ミートボールは、フガッと鼻を鳴らした。なにをきいてもこう答えるので、「はい」なのか「いいえ」なのかわからない。でも玄関《げんかん》のベルを鳴らして、たしかめるつもりはなかった。こういうことは、おかあさんに相談するのがいちばんだ。

そんなことより、USB《ユーエスビー》メモリだ。

ミートボールはどこにも行く気になさそうだったけれど、ねんのためリードをフェンスにくくりつけ、ぼくは目を皿のようにしてあたりをさがした。枯《か》れ葉《は》、小枝《こえだ》、一*セント硬貨《こうか》二枚《まい》、ガムのつつみ紙……いろんなものが落ちていたけれど、USB《ユーエスビー》メモ

＊アメリカの通貨《つうか》「ドル」の百分の一の硬貨《こうか》

リはなかった。ふと、歩道のそばに排水溝《はいすいこう》があるのに気がついた。このなかに落ちちゃったんだろうか。ぼくは、しゃがんでなかをのぞきこんだ。

うしろで、ミートボールがギュイーンと鳴く。

「待って。あとちょっとだから」ぼくは、ミートボールに背《せ》をむけたまま、小枝《こえだ》で排《はい》水溝《すいこう》のなかをつついた。なにかがきらりと光った……気がしたんだ。

と、ふいに、うしろから聞きなれた声がした。

「これをさがしてるの？」

ぼくは、こおりついた。

まさか。

ゆっくりとうしろをふりかえる。

レベッカが、フェンス越《ご》しに手を上げていた。その手にあったのは、ぼくのＵＳＢ《ユーエスビー》メモリだった。

8

「な、な、なんで……ど、どうして……だって……学校は？」

ああ、ぼくは、なんてかっこ悪いんだろう。レベッカと話すと、いつもこうだ。

「エリックこそ学校は？」レベッカは笑顔《えがお》でいった。

家の前をストーカーみたいにうろついていたのに、どうやらぼくはきらわれていないようだ。

「ぼ、ぼくは……その……えっと……具合が悪くて」

「だいじょうぶ？　わたしは、一時間後に歯医者さんの予約《よやく》があるの。だからママが午前中は学校を休んでもかまわないって。矯正《きょうせい》しなくてすむといいな」

歯列矯正《しれつきょうせい》なんて、ぜったいに必要《ひつよう》ない。ぼくにいわせれば、レベッカの歯ならびはカンペキだ。

「いのっててね！」レベッカは、USB《ユーエスビー》メモリを持っていないほうの手の人さし指に中指をからめて、幸運のおまじないをした。それから、ぼくがUSB《ユーエスビー》メモリを見ているのに気づいていった。「あっ、これね。はい、どうぞ。きのう家の前にいたのは、やっぱりエリックだったんだね」

「えっと……うん。というか、こいつが……」ぼくは、排水溝《はいすいこう》にかくれたいと思いながらミートボールを指さした。

レベッカは、フェンス越《ご》しにミートボールの頭をなでていった。

「わたしにあいさつしたかったの？」それから、ぼくを見てつづけた。「学校のパソコン室でエリックがそのUSB《ユーエスビー》メモリを使っているのを見たことがあったから、そうかなって思ったの。なかは見てないから安心してね」

ぼくは、USB《ユーエスビー》メモリをポケットにつっこみ、ほっと息をはいていった。

「ありがとう」

「中身を見なかったお礼？　そのなかには、だれにもいえない秘密《ひみつ》がかくされてるのかな?」レベッカが、いたずらっぽく笑《わら》う。

「ないないない」ぼくはあわてた。

レベッカは、フェンスに寄《よ》りかかっていった。

「それ、よくやるよね。同じことばを三回くりかえすの。まるで相手に信《しん》じさせる呪《じゅ》文《もん》をとなえてるみたい。本に書いてあったけど、『三』って魔力《まりょく》のある数字なんだって。だからなおさらそう感じるのかも」

ぼくにそんなくせがあったとは。

「レベッカは、どんな本を読むの?」ぼくは、無意識《むいしき》にきいていた。そのとたん、じぶんが世界一勇敢《ゆうかん》になったような気がした。レベッカに質問《しつもん》できるなんて!

「ファンタジーが好《す》きだよ。魔法《まほう》とかが出てくるやつ。『プリデイン物語』シリーズとか『闇《やみ》の戦《たたか》い』シリーズとかも大好《だいす》き。ああ、本の話をすると、止まらなくなっちゃうよ。ダイアナ・ウィン・ジョーンズ*が書いた本ならなんでも読むよ。それから、

*一九三四~二〇一一。イギリスを代表するファンタジー作家。作品に、『ハウルの動く城1・魔法使《まほうつか》いハウルと火の悪魔《あくま》』など

ところで、このワンちゃん、エリックのうちの犬？　犬を飼《か》っているなんて知らなかったな」

ミートボールは、レベッカに近づこうとフェンスを引っかいている。真っ白なフェンスに引《ひ》っかき傷《きず》ができているのに気づいて、ぼくは青ざめた。でもミートボールは、口の横から舌《した》をたらし、フゴフゴと鼻を鳴らして大よろこびだ。どこの犬だろうね、ととぼけたかったけれど、もちろんそんなことはできなかった。

「うん……まあね。えっと……その……捨《す》てられてたんだ。おかあさんの動物病院の前に」ぼくはそういいながら、横目でレベッカのようすをうかがった。

レベッカの家族が捨《す》てたんじゃないよね？　まさか、そんなことしないよね？　すくなくともレベッカは、ミートボールにはじめて会ったような顔をしている。

「ああ、なんてかわいいの。たまらないね」レベッカは、フェンスのすきまから手を出し、ミートボールの頭をまたなでた。

ミートボールが、うれしそうにおしりをふり、レベッカの手をベローンとなめる。うわっ。またやらかしてくれた。よだれまみれの犬に手をなめられるなんて、女の子ならだれでもいやがる。ましてやレベッカは、ネコ派《は》だから犬が苦手なはずだ。だけどレベッカは、笑《わら》ってジーンズで手をふくと、こういった。

「わたしのこと、気に入ってくれたみたいだよ」

「この家が好《す》きみたいで」ぼくは、ようやくつっかえずにものがいえた……と思ったら、また舌《した》がもつれた。「えっと……その……ひょっとして……ミートボールは……前に……この家に住んでたのかなって」

レベッカは、首を横にふった。

「それはないと思う。わたしたちがここに引《ひ》っ越《こ》してきて、もう何年もたつもの。あっ、そうか！　わかったかも！　ちょっと待ってて。ううん、なかに入って庭で待ってて」

レベッカは、門をあけ、両手でぼくを手まねきした。フェンスにくくりつけていたリードをはずしてやると、ミートボールはブフブフとよろこびながら入っていった。さっそく、おしりを盛大《せいだい》にふりながら芝生《しばふ》のにおいをかいでまわっている。信《しん》じられない。ぼくはいまレベッカの家の庭にいる。

「ここで待っててね」レベッカは門をしめると、くるりとうしろをむいてポーチにあがり、家のなかに消えていった。

ミートボールがレベッカを追いかけようとしたので、ぼくは、体当たりして上にのっかった。おかげで、レベッカがもどってきたときには、草がジーンズにくっついていた。でも、レベッカは気にしていないようだった。

レベッカは、小さくてふわふわのものをだきかかえていた。玄関《げんかん》からレベッカのおとうさんのウォーターズさんが顔を出し、ぼくに手をふり、またすぐに引っこんだ。

レベッカは、ぼくのとなりに腰《こし》をおろすといった。

「ヌードルっていうの」

よく見ると、レベッカがだきかかえていたのは、小さな小さな犬だった。ミートボールと同じように、茶色いもようのある白い犬だ。でも、似《に》ているのはそこだけ。ヌードルは、ふわふわの毛におおわれていて、ダニーの飼《か》っているトイプードルの子犬と同じくらい小さかった。やわらかそうな耳はたれていて、黒い鼻は豆つぶみたいだ。ピンク色の舌《した》は、ミートボールのよだれたっぷりの舌《した》の十分の一ほどしかない。

「犬、飼《か》ってたんだ！」ぼくは、おどろいた。

「三か月前に飼《か》いはじめたばかりだよ。女の子なんだ。かわいいでしょ？」レベッカが、ヌードルの毛をくしゃくしゃっとする。

「て、てっきり……えっと、ネコ派《は》だと思ってた」そういって、すぐにしまったと思った。

いや、べつに、レベッカをいつもチェックしているわけじゃないから。ロッカーにネコのシールがはってあるのを知っているわけでもないから。ぼく、ストーカーじゃないから！

「ネコも好《す》きだけど、犬も好《す》きだよ。だれだって、そうでしょ？　アイスクリームもクッキーも好《す》きなようなものだよ。どっちも最高《さいこう》！　ネコは二ひき飼《か》ってるの。そこらへんにいると思うな。でも犬を飼《か》うのは、この子がはじめてなんだ」

レベッカが下におろすと、ヌードルはプルプルと体をふった。顔の毛がふわふわっと立ちあがる。ヌードルは、ミートボールを見あげると、黒いまんまるの目をパチパチさせて、小さなしっぽをふった。

ミートボールは、いまにも心臓発作《しんぞうほっさ》を起こしそうだった。しっぽをおしりごとふったかと思うと、ぴょんと立ちあがり、芝生《しばふ》に顔をおしつけてくるくると回り、ゴロンと横むきにたおれ、足をばたつかせながら転がって、またむっくりと起きあがって、ぽーっと顔を赤らめた……ように見えた。そのあいだじゅう、うなり声とあえぎ声と鼻息がまじったような音を出していた。グルルルハアハア、フガフガブフブフ。どうかしちゃったみたいだ。きっとレベッカは、変《へん》な犬だと思ってる。ぼくは、顔から火が出るほどはずかしかった。

最後《さいご》にミートボールは、前足をのばし、あごを地面につけ、おしりを高く持ちあげて、遊ぼうのポーズをした。口のはしから舌《した》をたらし、おでこのしわを思いきり寄《よ》せている。おいらのこと、好《す》きになってくれよ、たのむよ、たのむよ、たのむよ！　といっているみたいだ。

ヌードルは、ミートボールがまいあがっているのを一歩下がって見ていた。そして、ミートボールが落ちつくと、トコトコと歩いていって小さな鼻をくっつけた。ミートボールは、遊ぼうのポーズをしたまま、プルプルとふるえている。ヌードルは、ミートボールの顔のにおいを注意深くかいだ。それからうしろに回って、おしりのにおいをかごうとした。だけど、ミートボールは、がまんできなくなったみたいで、またはねたり転がったりしはじめた。ヌードルが、おすわりをしてキャンキャンと文句《もんく》をいう。

ぼくはいった。

「ごめん。変《へん》なやつで」

「ミートボールとヌードルかあ。いい組み合わせだね。運命を感じちゃうよ。ミートボールは、ヌードルのことがとっても気に入ったみたい！」

ミートボールは、ゴロンとあおむけになって、四本の足をぴんと上にのばし、横目でヌードルをちらちら見ている。ヌードルは、またミートボールのにおいをかぎはじめた。

「ヌ、ヌードルは……えっと……何犬なの？」ぼくはきいた。

「マルチーズとシーズーのミックスだと思う。保護施設《ほごしせつ》から引きとったから、くわしいことはわからないんだ。だから、『マルシーズー』ってことにしてるの」

あっ、なるほど！

「マルシーズー！　チャットのアカウント名だね」

「うん」レベッカは、ヌードルの頭をなでながら答えた。「そういえば、きのうの夜、チャットがとちゅうで切れちゃったけど、どうしたの？」

「へっ？　ああ、えっと……その……パソコンがフリーズしちゃったんだ」

「そっか。うちのもよくフリーズするよー」

まさか信《しん》じてくれるとは思わなかった。

そのとき、玄関《げんかん》からレベッカのおとうさんの声が聞こえた。

「レベッカ！　そろそろ行くぞ！」

「はーい！　ミートボール、ごめんね。ヌードルはそろそろ、おうちのなかにもどらないと」レベッカは、ミートボールのおなかをなで、それからヌードルをだきあげた。

「ウウォウウォーン」ミートボールがかなしげにほえ、鼻をレベッカのジーンズにおしつける。ただでさえつぶれている顔が、ますますつぶれた。

ミートボールはレベッカになでてもらうと、調子に乗ってうしろ足で立ちあがり、ヌードルのところまでよじのぼろうとした。おまけに、よだれまみれの大きな舌《した》で、レベッカの腕《うで》をベローンとなめた。

「きゃっ！」レベッカが、よろめく。

穴《あな》があったら入りたかった。なんてこまった犬なんだ。ぼくはあわてて首輪《くびわ》を引っぱって、レベッカから引きはなした。

「ごめんごめんごめん」

「ほら、また三回いったよ。ミートボール、だいじょうぶ、またすぐに会えるからね」

「レベッカ！」またおとうさんの声が聞こえた。

「いま行く！　じゃあ、またあしたね。おだいじに！」レベッカは、小さく手をふり、段々《だんだん》をのぼってポーチにあがると、家のなかに入っていった。玄関《げんかん》のドアがしまる直前、ヌードルを下におろしたのが見えた。

ミートボールは、あこがれのふわふわちゃんをかんたんにあきらめたくなかったようだ。ポーチにむかって突進《とっしん》しかけたので、ぼくは地面にひざをついてミートボールをはがいじめにした。

ミートボールは、体をよじったり、ぼくの顔をなめたりして、なんとかふりきろうとしたけれど、最後《さいご》にはあきらめておすわりをし、空を見あげてウウォウォーンとほえた。

それからもちろん、フゴフゴと鼻を鳴らした。

「家に帰るよ。もうこれ以上《いじょう》のトラブルはごめんだからね」

ミートボールはぼくを見ながら、強い風にあおられた帆《ほ》みたいに舌《した》を出したり引っこめたりした。顔は、いかにも満足《まんぞく》そうだ。

ぼくのクラスに、何人かの女子とつきあったことのある男子がひとりだけいる。ブレットだ。ブレットはいつも、じぶんはこの町でいちばんかっこよくて、おれを好《す》きにならない女子はいないって顔をしている。いまのミートボールは、まさにそんな顔をしていた。

「おまえがうれしいと、ぼくもうれしいよ。おまえのせいで、ぼくはとんだまぬけに思われただろうけどね」

するとミートボールは、ほんとうに肩《かた》をすくめ、もともとそう思われてるだろって顔をした。

「失礼《しつれい》なやつだなあ」ぼくは、手にリードをまきつけ、ミートボールを引っぱった。

ミートボールは、しぶしぶついてきて、なごりおしそうにレベッカの家をふりかえった。

ミートボールを歩道に連《つ》れだすだけでも、ずいぶんと時間がかかった。おかげで、レベッカとレベッカのおとうさんが勝手口から出てきて車に乗りこむとき、ぼくらはまだ門のすぐそばにいた。これじゃ、犬の散歩《さんぽ》もろくにできないまぬけに見えるじゃないか。はずかしくて、そばの茂《しげ》みに飛《と》びこみたかった。

レベッカは、助手席《じょしゅせき》から手をふってくれた。笑《わら》っていた。きっと、ぼくを笑《わら》っていたんだ。人生でいちばんみじめな瞬間《しゅんかん》だった。

でも、ようやくミートボールがふつうに歩きはじめると、ふいにレベッカのいったことばが頭によみがえった。

「ミートボール、だいじょうぶ、またすぐに会えるからね」

レベッカは、たしかにそういった。ミートボールにまた来てほしいという意味だろうか。

ひょっとして、ぼくにも？

9

頭がレベッカでいっぱいじゃなかったら、これから起きることをちょっとは予測《よそく》できたかもしれない。

おかあさんもトニーも気づいていないようだけど、うちを支配《しはい》しているのはフェイスとマーシーとネコたちで、おねえちゃんたちはいままでほしいものはぜんぶ手に入れてきた。そして、もちろんそれを変《か》えるつもりはなかった。いびきのうるさいマイペースなブルドッグのせいで、いままでどおりにいかないなんて、ゆるせなかったんだ。

攻撃《こうげき》が始まったのは、その日の夜だった。ぼくたちは、めずらしく家族そろって食事をしていた。しょっちゅう夕飯《ゆうはん》を食べにくるパーカーもいなかった。パーカーは、じぶんのうちの献立《こんだて》がおねえちゃんお手製《てせい》のまずいトーフ料理《りょうり》だと知ると、我《わ》が家《や》ににげてくるんだ。

ミートボールは、ぼくの部屋でまくらに顔をうずめて、いびきをかいている。

ダイニングテーブルの下を、アリアドネとオデュッセウスが行ったり来たりしていた。ぼくは、二ひきに引っかかれないように、椅子《いす》の上であぐらをかいていた。テーブルには、トニーがつくったフライドチキンとベイクトポテトと焼《や》いたアスパラガスがのっている。トニーは、おかあさんと結婚《けっこん》するまでずっとひとりぐらしをしていたから、料理《りょうり》がけっこう得意《とくい》なんだ。

マーシーが、あまったるい声で話しはじめた。

「ねえ、ママー」

ぼくは、ぎくっとした。この声は、「エリックのパソコンのマウスより、わたしたちのバスケ用のスニーカーを先に買ってよー」とか、「今日の午後なんだけどさー、エリックを美容院《びよういん》になんか連《つ》れていかなくていいんじゃない？　それより、車の運転の練習につきあってよー」とか、そういうことをいいだすときの声だ。

マーシーは、あまえた声を出すのがうまい。フェイスは、いい子のふりをするのが苦手だから、マーシーが話しているときに、「そうなんだよ、ママ」とか「ほんとほんと！」とか合いの手を入れる係だ。どうしていつもおかあさんは、見えすいた演技《えんぎ》を信《しん》じちゃうんだろう。なぜか、コロッとだまされるんだ。

「なあに、マーシー？」おかあさんは、ナイフでアスパラガスをひと口大に切りながら答えた。

マーシーは、髪《かみ》の毛《け》をかきあげて、にっこりと笑《わら》った。きくまでもないことだけど……といいたげだ。

「あのね、ママ。いつになったらあの犬を保護施設《ほごしせつ》に連《つ》れていくのかなあって、わたしもフェイスも思ってて」

「ほんとほんと」と、フェイス。

「そうねえ」おかあさんが、ぼくをちらりと見る。

マーシーは、まつげをパチパチさせながらつづけた。

「アリアドネがこわがってるのよ。ここ二、三日、鳴いてばかりだし。きのうなんて学校から帰ってきたら、ベッドの下で小さくなってたんだよ。わたしたちがいないあいだ、あの犬になにかされたのよ。アリアドネは、デリケートだから」

よくいうよ。アリアドネの神経《しんけい》のずぶとさといったら、ゴジラなみじゃないか。

「ほんとほんと！」フェイスがいった。「オデュッセウスは、毛がぬけてきちゃった。気の弱い子だから」

ぼくは、ベイクトポテトをふきだしそうになった。オデュッセウスにぴったりのことばはたくさんある。不気味《ぶきみ》、ずるがしこい、執念深《しゅうねんぶか》い、いじわる。でも、気が弱いなんてありえない。

マーシーがいった。

「あの犬には、できるだけ早くいなくなってもらったほうがいいよ。ママもそう思わない？　うちには合わないよ。きのうの夜、ソファを見たら犬の毛だらけだったし」

どうしてネコの毛じゃないっていってわかるの？　とつっこみたかった。それに、ぼくが粘着《ねんちゃく》ローラーでそうじしたから、ソファはきれいだったはずだ。

「ほんとほんと。ものすごく気持ち悪かった」

ちょっとちょっと、ネコのおしっこのほうがよっぽど気持ち悪いと思うんだけど。「そうねえ。でも、エリックにも、じぶんになついてくれるペットが必要《ひつよう》なんじゃないかしら……」と、おかあさん。

「わたしだって、そう思うよー」マーシーが、さらにあまーい声でいった。「でも、あの犬じゃなきゃだめかな？　ほら……ハムスターなんてどう？」

「それか金魚ね。ハムスターみたいにくさくないし」と、フェイス。

どうやらフェイスは、三年前にぼくが飼《か》っていた小さな熱帯魚《ねったいぎょ》のブルーに起きた事《じ》件《けん》をわすれてしまったらしい。説明《せつめい》しなくても、どんな事件《じけん》だったか想像《そうぞう》がつくよね？　ヒント……ネコたちは、そのときだけは、ぼくの部屋にしのびこんでもベッドにおしっこをしなかった。もっとひどいことをするのに夢中《むちゅう》だったから……。かわいそうなブルー……。

「そうよ。もっと小さいペットがいいよー」と、マーシー。あんまりあまったるい声を出すものだから、いまにもマーシーの体じゅうの毛穴《けあな》からねっとりした汁《しる》がにじみでてくるんじゃないかと思ったほどだ。「責任《せきにん》持って犬を飼《か》えるようになるまで、小さなペットで世話の仕方を学ぶべきだよー。エリックの部屋から勝手に出てこられないペットがいいと思うな。そうすれば、ネコたちも安心だし。だいたいアリアドネとオデュッセウスが先にこの家に来たんだからね。おびえて暮《く》らすなんて、かわいそうよ」

「ほんとほんと。かわいそうだよ」フェイスは、眉《まゆ》をしかめて、ネコたちがかわいそうでたまらない、というような顔をした。でも、ぼくには頭が痛《いた》くなったようにしか見えなかった。

マーシーがつづけた。

「あの犬を……えーっと、ミートボールだっけ……飼《か》いたいと思ってくれる家族がきっとあらわれるよー。あした施設《しせつ》に連《つ》れていけば、土曜日にはすてきな新しい家族にもらわれてるはず。きっとね」

「そうだよ、ママ。マーシーのいうとおりだよ」

ぼくは、ベイクトポテトをつっついた。すっかり食欲《しょくよく》がなくなっていた。じぶんの気持ちがよくわからなかった。もちろん犬は飼《か》いたい。それに、いつものようにおねえちゃんたちの思いどおりになるのは、しゃくにさわった。小さなペットを飼《か》うなんて、もってのほかだ。罪《つみ》のないペットが、アリアドネとオデュッセウスのおやつになるのはもうたくさんだ。

でも、ぼくはほんとうにミートボールを飼《か》いたいんだろうか？　太ってるし、いびきをかくし……なんといってもかっこわるい。それに、あいつはときどきてこでも動かなくなる。じぶんが弱いことはじゅうぶんわかっているのに、ミートボールのせいで、毎日そのことを思い知らされる。マーリンみたいにかっこよくないし、ボタンみたいにかわいくもない。いびきのうるさい、顔のつぶれた犬だ。ぼくは、そんな犬と暮《く》らしたいのかな？　それともあんな間のぬけた犬はわすれて、もっとすてきな犬があらわれるのを待つべき？

おかあさんは、おねえちゃんたちに丸めこまれそうになっていた。こんなふうにねだられると、いつも最後《さいご》にはうなずいてしまう。

「そうね。たしかに一理あるわ……」

「おっほん」テーブルの反対側《はんたいがわ》で、トニーがわざとらしい咳《せき》ばらいをした。

おねえちゃんたちは、そろってトニーを見た。ふたりとも、トニーがいることをわすれていたみたいに、びっくりしている。おねえちゃんたちがおかあさんに全力でおねだりしているときに、トニーが口をはさむのはめずらしかった。

「だれもエリックの考えは聞きたくないのかな?」

マーシーが、いじわるく目を細めた。おねえちゃんにかぎづめがあったら、トニーは目玉をえぐりとられていただろう。

「エリック?」フェイスは、だれそれ? という口ぶりでいった。

トニーは、ぼくを見てたずねた。

「どうなんだい? エリックは、ミートボールをどう思ってるんだい?」

マーシーは、わざとらしく笑《わら》った。

「キャハハ! エリックは、犬と遊びたいだけなのよー。どんなに世話がたいへんか、ぜんぜんわかってないよ。わたしたちは、エリックのためを思っていってるのー」

「で、エリック、どうなんだい?」トニーはマーシーを無視《むし》して、もう一度ぼくにきいた。

みんなの視線《しせん》が、いっせいにぼくにあつまる。椅子《いす》の下から殺気《さっき》がして、背筋《せすじ》がふるえた。きっとアリアドネとオデュッセウスが爪《つめ》を出し、ぼくが気に入らない返事をしたら引っかこうとしているんだ。

「えっと……うん……好《す》きかも、ミートボールのこと」

マーシーが、あきれたように目をぐるりと回していった。

「はっきりしない答え！　ほらね、エリックは、あの犬のことをたいして好《す》きじゃないのよー。モルモットでも飼《か》ったら、どーお？」

「やだやだやだ」と、ぼく。

すると三の呪文《じゅもん》がきいたのか、トニーが、フライドチキンを大皿からじぶんのお皿にフォークでとりながらいった。

「あと何日か、ようすを見ようじゃないか。マーシーが正しければ、来週にはエリックは犬の世話のたいへんさがわかるだろう。ひょっとしたら、家族みんながミートボールのとりこになるかもしれないぞ。すばらしい犬だと思うけどな。とにかく、ミートボールにチャンスをやろう」

すると、おかあさんが満足《まんぞく》そうにいった。

「そうね、そうしましょう。いい考えだわ、トニー」

マーシーは、いまにもぼくらを毒殺《どくさつ》しそうな顔をした。それから、とまどっているフェイスには目もくれず、ベイクトポテトをフォークでぶっさした。おねえちゃんたちのおねだりがうまくいかなかったのは、はじめてだった。フェイスは、マーシーが話をむしかえすのを期待していたようだけど、マーシーは今日のところは負けをみとめたらしい。そのあと夕飯《ゆうはん》が終わるまで、ふたりはぶすっとだまりこんだままだった。

ぼくは、胸《むね》がスカッとした。でも、これで終わらないことはわかっていた。おねえちゃんたちは、すっかり戦闘態勢《せんとうたいせい》に入っている。ふたりが本気になったら、ぼくなどとうていかなわない。

その日の夜、部屋でファラオの作文の続《つづ》きを書いていると、ノックの音がしてドアがあいた。

ぼくはふりかえった。ミートボールも鼻を鳴らして体を起こした。

マーシーが、ドアの枠《わく》にもたれて立っていた。

「エリック、なにしてるの？」

「宿題だけど。どうして？」

おねえちゃんは、足でドアをさらに数センチあけながらつづけた。

「犬は、あんたの部屋に慣《な》れた？　毎日そいつを散歩《さんぽ》させるの、たいへんでしょ？

でかくてデブなのに、あんたはなよなよだから」

「だいじょうぶだよ。それより、ドアをしめて――」

でもおそかった。オデュッセウスが、部屋に飛《と》びこんでくる。もちろん、それがおねえちゃんのねらいだった。ネコが入れるように、わざとドアをあけていたんだ。だいたいマーシーがぼくの心配をするはずがない。

オデュッセウスは一直線にベッドにむかった。ぼくは、椅子《いす》から飛《と》びあがって、ふせごうとした。オデュッセウスが、まくらに飛《と》びのって、満足《まんぞく》そうにおしりを下げる。

「やめて！」

でも、ぼくより先にベッドに飛《と》びのったやつがいた。ミートボールが、切《き》り株《かぶ》みたいに太くて短いしっぽをちぎれるほどふりながら、オデュッセウスの横腹《よこばら》に頭突《ずつ》きをしたんだ。どうやら、ネコがじぶんと遊びたくて部屋に入ってきたとかんちがいしたみたいだ。ミートボールは、遊ぶ気まんまんだった。ベッドの上で飛《と》びはね、むっちりした前足でオデュッセウスをペシペシとたたく。フガフガと鼻を鳴らし、大よろこびしている。

オデュッセウスは、ギャーッと悲鳴のような声をあげてベッドから飛《と》びおり、マーシーの足のあいだをすりぬけて、部屋から出ていった。

マーシーがさけんだ。

「ひどい！　なんてことするのよ。フェイス、早く来て！　こいつがオデュッセウスをおそった！　ママー！」

トニーが、寝室《しんしつ》から飛《と》びだしてきた。おかあさんも、一階からかけあがってきた。オデュッセウスは、フェイスの部屋のベッドの下にもぐりこんでいる。それを指さして、マーシーがいった。

「見てよ。オデュッセウスがおびえてる！　その犬のせいよ！　ほんとひどいやつ！」

フェイスも、ろうかに出てきていった。

「ほらね！　その犬は、やっぱり危険《きけん》だよ！　ネコたちがこわがるのも、むりないじゃん！」

ぼくは、いいかえした。

「危険《きけん》なんかじゃない。遊ぼうとしただけだ！」

ミートボールが、首をかしげてぼくを見た。左の耳がてろんとたれる。なにを大さわぎしてるんだ？　それより、おいらの友だちはどこに行っちまったんだ？　といっているみたいだ。

マーシーが、勝ちほこったようにつづけた。

「ほらね、ママ。この犬は、うちでは飼《か》えないよ。ネコたちがやられちゃう」

「なんてこと。エリック――」ママが話しはじめると、トニーが口をはさんだ。

「ちょっと待った。確認《かくにん》したいんだが、ミートボールは、エリックの部屋でくつろいでいたんじゃないのかい？　この部屋に、オデュッセウスは入っちゃいけないことになっているはずだ。それなのに、なぜいたのかな？」

おかあさんがマーシーを見る。

おねえちゃんは腕《うで》を組み、肩《かた》をすくめていった。

「エリックにききたいことがあってドアをあけたら、オデュッセウスが勝手に入っていっちゃって……」

「それならば、ちょっとしたまちがいだったわけだ。ミートボールは悪くない」トニーはそういうと、マーシーを見つめた。その顔は、すべてお見通しだが、今回は大目に見てやろう、といっていた。

マーシーは、ことばが出ないみたいで、ただトニーをにらんでいた。代わりに、フェイスが口をはさんだ。

「だけど、その犬は凶暴《きょうぼう》なことをするかもしれないじゃん」

トニーは、ミートボールの間のぬけた顔を見ていった。

「凶暴《きょうぼう》なことをするようには見えないが」

「おかあさんにも見えないわ。マーシー、ネコはエリックの部屋に入れない約束《やくそく》でしょう?」

マーシーはさらに顔をしかめ、じゅうたんをけってぼそりといった。

「だから、事故《じこ》だったのよ」

よくいうよ。

「まあ、いいだろう。こんどから、気をつけるように」トニーは、部屋に一歩入ってドアノブをつかむと、ぼくにウィンクをしてからドアをしめた。

ぼくは、ベッドに飛《と》びのって、まくらを確認《かくにん》した。カンペキにきれいなままだった。奇跡《きせき》だ。

「ミートボール、ありがとう。助かったよ」あごをかいてやると、ミートボールは、フゲフゲと息をしながら、にんまりと笑《わら》ったような顔をした。

そのとき、もうひとつのまくらに、ミートボールのよだれがついているのに気がついた。だから、「カンペキにきれい」ではなかった。でも、マーシーのヘコんだ顔を思いだしたら、よだれくらいゆるせた。

そのあとベッドに入ってから、ほんとうはどうしたいのか真剣《しんけん》に考えた。ミートボールを飼《か》うことのいい点と悪い点はなんだろう。考える時間はたっぷりあった。ミートボールのいびきのせいで、なかなか寝《ね》つけなかったからだ。これは、悪い点かもしれない……。

どこかに、ぼくにもっとふさわしい犬がいるのかな？　散歩《さんぽ》のときにふつうに歩いてくれて、好《す》きな女の子によだれをたらしたりしない犬が。

ミートボールが、フゴッと鼻を鳴らして、頭をぼくの足にのっけてきた。

いままでこんなふうに、ぼくをあのネコたちから守ってくれたやつはいない。それに、ぼくにまで見はなされたら、ミートボールはどんなにかなしいだろう。

ぼくは、どうすればいい？

10

つぎの日の朝、学校へ行くとちゅうでパーカーが、放課後《ほうかご》、犬を連《つ》れて公園に行こう、とみんなをさそった。

ダニーは、すぐに賛成《さんせい》した。

「いいね！　うちのボタンをミートボールに会わせたいし。けど、ミゲルにいちゃんにとられないように気をつけないと。木曜日はチアリーディング部の女の子たちが公園にいると知ってから、にいちゃんのやつ、ボタンを散歩《さんぽ》に連《つ》れていくようになってさ。犬で女の子の気を引こうとするなんて、ばかばかしいよな。おまえたちは、女子にでれでれするようなタイプじゃなくてよかったよ。まあ、エリックはどうだかわかんないけど……」

「ぼくも、女子にでれでれなんてしないし」

「ミートボールがマーリンと同じくらいボールをとってくるのがうまいか、ドッグランでたしかめてみよう！」パーカーが話をもどした。

ほんとうのところ、マーリンは、ボールをとってくるのが絶望的《ぜつぼうてき》にへただ。ボタンのほうが、まだ子犬なのに、ずっとうまい。

トロイは、顔をしかめて落ち葉をけっている。

ぼくは、トロイの気持ちがよくわかった。

「トロイも、そのうち飼《か》えるよ。うちだって、ミートボールを手ばなすかもしれないんだよ」

「えっ、なんで？　最高《さいこう》の犬じゃないか！」と、パーカー。

「どうかな。だってさ……しょっちゅういびきをかくし。ものすごーくうるさいんだよ」

マイペースでいうことをきかないってことは、だまっていた。おねえちゃんとネコのいいなりになっているだけでもなさけないのに、犬にまでふりまわされているなんて知られたくない。

「今日、公園でいっしょに遊んだら、手ばなしたくなくなるさ」パーカーはいった。

そのとき、ダニーがさけんだ。

「あっ、ハイディだ!」

五十メートルほど先に、青い自転車に乗った女の子のうしろすがたが見えた。ヘルメットから、赤毛の先が飛《と》びでている。

「おーい、ハイディ、待ってくれ!」ダニーが、またさけぶ。

トロイが、ダニーをあごでさし、パーカーをひじでつついてにやりとする。ダニーは気づいていないみたいだ。まったく、女子にでれでれしてるのは、どっちだよ!

ハイディは、こっちをふりかえり、手をふろうとして右手をハンドルからはなした。

「おお、みんな、おはよう!」

と、自転車が左にかたむき、ハイディは、バランスをとろうとして右にたおれ、そのまま知らない人の家の庭にひっくりかえった。

ぼくたちは、いそいでかけよった。ダニーが、すぐさまハイディを引っぱりおこす。

ヘルメットがずれおち、ジーンズのひざのところがどろだらけになっていた。右足に紺色《こんいろ》の靴下《くつした》、左足に黒い水玉もようの黄色い靴下《くつした》をはいているのが目に入った。わざとなのか、まちがっちゃったのか……ハイディなら、どっちもありうる。

パーカーが、ハイディの自転車を起こしてやっていった。

「だいじょうぶか？」

ハイディは、ガッハッハと笑《わら》った。

「いまの、すごかったな。ダニー、あたしが自転車をこいでるときは話しかけるな。歩いてるときも、食べてるときも。なにかしてるときに話しかけられると、かならずこういうことになるんだ」ハイディは、ジーンズについたどろをはたくと、右ひざのところに小さな穴《あな》があいているのに気づき、まいったなあという顔で首を横にふった。

「このジーンズ、先週買ってもらったばかりなんだ。かあちゃんに大目玉を食らっちゃう」

ダニーは、髪《かみ》をかきあげながらいった。

「ごめんよ」

「おまえんちの犬に会わせてくれたら、ゆるしてやるぞ」ハイディはそういうと、にかっと笑《わら》ってヘルメットをぬぎ、頭をふった。髪《かみ》の毛《け》が、あちこちはねている。

ダニーは、パーカーからハイディの自転車のハンドルを引きとり、おして歩きはじめた。

「なら、さっそく今日は？　放課後《ほうかご》、みんなで犬を連《つ》れて公園へ行こうって話してたんだ。ボタンも連《つ》れてくぞ。おまえも来たかったら来いよ」

ダニーがあまりにさりげなくハイディをさそったので、ぼくは感心してしまった。ハイディのことがほんとうに好《す》きなら、すごくうまくかくせている。まるで、男の友だちをさそっているみたいだった。

するとハイディは大声でいった。

「マジ？　行く！　やったー！　エラとトランペットもさそっていいか？」

ダニーは、気まずそうにぼくらを見た。女子をたくさんさそうことは考えていなかったからだ。ぼくとトロイは肩《かた》をすくめた。

パーカーはいった。

「もちろん、いいよ。エリックも犬を連《つ》れてくるぞ」

「はあ?」ハイディが、ぼくの腕《うで》をがしっとつかむ。

ぼくは、飛《と》びあがった。

「うそだろ、エリック! おまえも犬を飼《か》ったのか? どんな犬だ?」

「まだ飼《か》うかわからないけど、ブルドッグだよ」

「なっ、ずるいだろ?」トロイが口をはさむ。

ハイディはつづけた。

「おお、ブルドッグもめちゃくちゃ好《す》き! 名前は? ケイデンスの予知《よち》がはじめて当たったぞ。あいつ、ほんとに超能力者《ちょうのうりょくしゃ》なのかも」

「どういうこと?」と、ぼく。

「きのう、体育の時間にいってたんだ。宇宙《うちゅう》からのメッセージによると、エリックが新しいペットを飼《か》ったみたいだ、ってな。それも、たぶん犬だろう、って。あたしは、まさか、って答えたんだけど……ほんとうだったんだな。おかしいなあ。犬のうわさは、ぜんぶあたしの耳に入ってくるはずなんだけど。親友が犬を飼《か》ったことも、ぜんぜん知らなかったし。なっ、ダニー」ハイディは、ダニーの肩《かた》をパンチした。

「だから、ごめんっていったろ！　トイプードルを飼《か》ったなんて、知られるのがはずかしかったんだ」

「小さい犬をばかにするなよ。かわいいじゃないか。それに、どんな犬でも、飼《か》えるなら最高《さいこう》じゃん」

「ほんとだよ」トロイが、ぼそりという。

ほんとうにそうなのかな。ミートボールみたいにいびきをかいたり、よだれをたらしたり、てこでも動かないこともある犬でも、ハイディは飼《か》いたいと思うのかな。

ぼくはいった。

「ケイデンスは、超能力者《ちょうのうりょくしゃ》でもなんでもないよ。火曜日に、ぼくのジャンパーに犬の毛がついてるのに気づいたんだ」

「なーんだ。あいつめ」ハイディは、おもしろそうに笑《わら》った。ケイデンスのうそも口の軽さも気にならないらしい。

学校の敷地《しきち》に入り、ダニーがハイディの自転車を駐輪場《ちゅうりんじょう》にとめると、ハイディは、ヘルメットをラックにつるし、自転車に鍵《かぎ》をかけた。

階段《かいだん》をのぼって校舎《こうしゃ》に入ってすぐに、六年生の教室のならぶ廊下《ろうか》から女子と男子がどなりあう声が聞こえてきた。ハイディが顔をくもらせ、足を早める。ピアリー先生の教室の前で、エイブリーとローリーが、にらみあっていた。ふたりのまわりには、人だかりができている。

前にもいったと思うけれど、エイブリーは、理由もなくだれにでもいじわるをする。五年生のときの体育の時間、ぼくとトロイは、エイブリーになんどもボールをぶつけられた。もちろん、ドッジボールをやっていたわけじゃない。パーカーとダニーが反《はん》撃《げき》してくれて、ようやくやめさせることができた。だから六年生になって、エイブリーがちがうクラスだとわかったときは、ほんとうにほっとした。

ローリーは、ぼくらの野球部のコーチの娘《むすめ》だ。いつも髪《かみ》をポニーテールにしていて、学校のそとでは野球帽《やきゅうぼう》をかぶっている。グエア先生のクラスで、ハイディと仲《なか》がいい。そういえば、ローリーとハイディは、エラとエラの犬といっしょに学校の「得意芸《とくいげい》おひろめ会」に出場して、おもしろい歌をうたって優勝《ゆうしょう》したんだっけ。

ローリーは、かなりおこっているみたいだった。ポニーテールがほつれてぼさぼさになっている。

「妹は、あんたがひったくったっていってるぞ！」ローリーがどなる。

エイブリーは、どなりかえした。

「とってねえ！　そいつがうそついてるんだ！」

「キャメロンがうそつくわけがない！」ローリーは、エイブリーの胸《むね》をどついた。

ローリーのほうが頭ひとつ分背《ぶんせ》が低《ひく》いのに、エイブリーはよろめいた。

八歳《さい》くらいの赤毛の女の子が、人だかりのなかからさけんだ。

「とってでしょ！　わたし、うそついてないもん。返してよ。いじわる！」

「昼飯代《ひるめしだい》なんかとるもんか！」エイブリーの顔が、みるみる赤くなった。

「なにがあったんだ？」パーカーが、そばにいたエラにきいた。

「ローリーの妹が、学校の食堂《しょくどう》でランチを買うお金をエイブリーにとられたんだって」エラは、落ちつかないようすで壁《かべ》を指先でたたきながらキャメロンに目をやった。

すると、エラの横で腕《うで》を組みながら壁《かべ》に寄《よ》りかかっていたニコスがいった。

「いかにもエイブリーのやりそうなことだ。まるで『いじめっ子になる方法《ほうほう》』をひとつひとつ試《ため》してるみたいだな」

「返してやれよ、エイブリー！」ダニーがさけぶ。

ハイディは、顔をしかめた。でもダニーは気づかなかったみたいだ。たぶん、気づいたのはぼくだけだったと思う。

つぎに、タラがさけんだ。

「そうよ、エイブリー、いじわるはやめなさい！」

と、ブレットがうしろからローリーに近づいて声をかけた。

「いくらとられたんだい？　おれがよろこんで、この小さなおじょうさんにランチをおごるよ」そして、目にかかったブロンドの髪《かみ》をかきあげ、ズボンのポケットから革《かわ》製《せい》のかっこいい財布《さいふ》をとりだすと、ローリーとキャメロンにほほえんだ。

そんなことしてもローリーみたいな女子には通用しないのに、とぼくは思った。ところがローリーははにかむと、エイブリーにむきなおって、キッとにらんだ。

「これはお金の問題じゃない。小さな子をいじめるのがゆるせないんだ。弱い者いじめは、臆病者《おくびょうもの》のすることだぞ」

エイブリーは、こぶしをにぎりしめた。なぐりかかるつもりだろうか。ローリーは、こわがっていないみたいだ。腰《こし》に手を当てて、エイブリーをにらみつけている。

ぼくなら、ぜったいにぜったいにぜったいにしないこと。それは、エイブリーにけんかを売ることだ。理由その一、ものすごく大きいから。理由その二、空手を習っていると聞いたことがあるから。だけど空手なら、ローリーも習っているらしい。だからこんなふうにエイブリーに立ちむかえるのかも。

ダニーが、うしろにいるハイディになにかいおうとしてふりむいた。だけどハイディは、もうぼくらのそばにはいなかった。

ハイディは、人だかりをかきわけ、エイブリーにうしろから近づくと腕《うで》をつかんだ。エイブリーは、すぐにふりほどいたけれど、相手がハイディだとわかると、ローリーから一歩下がって、こぶしをゆるめた。

ハイディが、エイブリーとローリーをかわるがわる見ていった。

「けんかはやめな！　また校長室行きになるぞ」

ふたりはほんとうに、しょっちゅう校長室送りになっている。エイブリーは、いじわるをするからで、ローリーは、階段《かいだん》をスケートボードですべりおりたり、二階の窓《まど》から身を乗りだしてカタツムリをとろうとしたり、とんでもないことをするからだ。エイブリーは、近くのロッカーを力まかせにけった。あんまり強くけったので、足の指が折《お》れたんじゃないかと心配になるほどだった。

「だれが人の金なんかとるか」エイブリーは、ハイディにいった。

「キャメロンは、とられたっていってるぞ。なんで妹がうそつくんだよ」ローリーがぴしゃりという。

「誤解《ごかい》があったのかもしれない」ハイディは口早にいうと、しゃがんでローリーの妹に話しかけた。「キャメロン、なくしちゃったってことはないか？」

「なくしてないもん！」キャメロンは、人さし指に赤毛をまきつけながらいった。

「リュックに入ってたのに、消えたんだもん。あの人がとったんだ！」

キャメロンは、大げさな身ぶりでエイブリーを指さした。エイブリーが、キャメロンをにらみつける。

ローリーが口をはさんだ。

「リュックから消えた？　さっきは、ひったくられた、っていってなかったっけ？」

「そうだよ！　わたしのランチのお金、返して！」

ハイディがたずねた。

「エイブリーがリュックからとるところを見たのか？」

キャメロンは、じだんだをふみ、顔をゆがめて泣《な》きそうになった。

「あいつがやったの！　とったに決まってる！　だって、いじめっ子だもん！」

ローリーは、どうしていいかわからないといったようすで妹の頭をなでた。

と、そのとき、太い声がひびきわたった。

「きみたち、なにをしている？」

トーニ副校長《ふくこうちょう》先生が、ずんずんと近づいてきた。とんがった鼻がローリーとエイブリーをねらう矢みたいで、白いげじげじの眉毛《まゆげ》がおそろしいほどつりあがっている。

みんなは、あわててそれぞれの教室に入っていった。ローリーとハイディ、エイブリーとキャメロンは、その場から動かなかった。副校長《ふくこうちょう》に指をさされていたから、にげたくてもにげられなかったんだ。

ぼくは、パーカーとダニーといっしょにピアリー先生の教室にかけこんだ。ドアのところで、エラとニコスとレベッカにぶつかった。けんかに気をとられていて、レベッカが学校に来たことにも気づかなかった。今日は、グレーのネコの絵のついた緑色のT《ティー》シャツを着ている。

ろうかからハイディの声が聞こえた。

「先生、誤解《ごかい》で――」

「全員、居残《いのこ》り！」と、副校長《ふくこうちょう》先生。

「ハイディがかわいそうだよ。助けに入っただけなのに」ぼくは、ダニーに話しかけているつもりだった。ところがふりかえると、ダニーはもう教室の奥《おく》にいて、代わりにレベッカがいた。

「ほんとね！　でも、ゲジマユは、だれがやったかなんて、きっとどうでもいいのよ」

ぼくはうまく話をつづけられなくて、ただ肩《かた》をすくめて席《せき》についた。

ピアリー先生が、本の山をかかえて教室に入ってきた。授業《じゅぎょう》が始まる一分前だった。いつもは、ぼくらより前に教室にいるのにめずらしい。

「あいつがやったに決まってる」ブレットが、ジョナスとニコスにいっているのが聞こえた。

「有罪《ゆうざい》が証明《しょうめい》されるまでは無罪《むざい》、っていうでしょ」ニコスが肩《かた》をすくめる。

「この学校ではそんなの通用しないぜ。それ、副校長《ふくこうちょう》にいえるか？」と、ブレット。

レベッカが、ぼくに話しかけてきた。

「あっ、そうだ、エリック。見せたいものがあるの」

レベッカは、むらさきのトートバッグをひざにのせ、なかをさぐった。ぼくは、どぎまぎした。見せたいものだって？

「これ」レベッカは、本をさしだした。表紙に、「ロイド・アリグザンダー作『プリデイン物語1　タランと角の王』」と書かれていて、男の人と女の人が白馬に乗っている絵がついていた。

レベッカがいった。

「大好《だいす》きな本なの」

ぼくは、本を受けとって、いろんな角度からまじまじと見た。

「え、えっと……」

「あっ、読まなくてもいいよ。興味《きょうみ》があったら読んでみて。ブルドッグは出てこないけど、予知能力《よちのうりょく》のあるブタが出てくるから、どうかなって思って」

ぼくは、話についていけなかった。

「予知能力《よちのうりょく》のあるブタ？」

「気に入ると思うけどな」

そのとき、始業ベルが鳴った。

「あ、ありがとう」ぼくはなんとかお礼だけいった。

授業《じゅぎょう》が始まっても、ぜんぜん集中できなかった。ダニーがハイディをさそったように、レベッカを公園にさそいたい。そればかり考えていたからだ。ヌードルもいっしょなら最高《さいこう》だ。でも、デートのさそいだと思われるだろうか。笑《わら》われたら、深い意味はないといえばいい。ぼくもダニーみたいに、「来たかったら来いよ」って気軽にさそえばいいんだ。

朝から考えつづけて、昼休みに声をかけようと腹《はら》を決めた。レベッカは、ハイディやクリスタルやエラといっしょに、ぼくたち男子とランチを食べることがたまにあるんだ。

ところが、昼休みになって食堂《しょくどう》へむかっていたら、ハイディがやってきて、ものすごくがっかりした顔で、いまから副校長室《ふくこうちょうしつ》に行かなくちゃいけない、といった。

「みんな、ごめん。公園には行けそうにないや。正式に居残《いのこ》りをいいわたされるから」

「おかあさんにしかられそう?」ダニーがきく。

「まちがいないな」

こんなに元気のないハイディを見るのは、はじめてだった。放課後《ほうかご》に犬と遊べなくなっただけで、人生が終わったような顔をしている。

ダニーはつづけた。

「そんなに落ちこむなよ。近いうちに、またさそうからさ」

「かあちゃんがゆるしてくれたら行けるけど。さっき副校長《ふくこうちょう》が、すくなくとも一週間は居残《いのこ》りだっていってた」

「ひどい。ハイディは、なにも悪いことしていないのに！」エラが、ハイディの肩《かた》に腕《うで》を回してなぐさめるようにいった。

「エイブリーのばかやろう」ダニーは、本気でおこっているみたいだった。

でも、ハイディはこんなことをいった。

「あいつのせいじゃない。たぶんキャメロンは、じぶんで金をなくしちゃったんだ。どうしてエイブリーがとったと思ったのか、ちゃんと説明《せつめい》できなかっただろ。『いじわる！』とか『エイブリーがとった！』とか、そんなことばかりいって」

「ほんとにいじわるだからね」エラがいう。

「それとこれとはべつだよ」と、ハイディ。

「心配すんな。ボタンは、どこへも行かないよ」ダニーがいった。

「マーリンもな」と、パーカー。

みんなの視線《しせん》がぼくにあつまった。

「えっと、うん、ミートボールも」ぼくはいった。

一週間後も、ミートボールはうちにいるだろうか。わからなかった。

こうして、レベッカをさそう機会《きかい》はなくなってしまった。ハイディもエラも来ないのに、レベッカだけさそうわけにはいかない。そんなことをしたら、ぼくはダニーたちに一生からかわれるハメになる。

それに、けっきょくレベッカとはいっしょにランチを食べなかった。ハイディが副《ふく》校長室《こうちょうしつ》へよばれ、エラは音楽室へ行き、レベッカはクリスタルやほかの友だちとべつのテーブルへ行ってしまったんだ。

でも、いっしょにランチを食べたとしても、ぼくはレベッカをさそえなかったと思う。想像《そうぞう》しただけで、口のなかがからからになり、おなかがミートボールのほっぺたみたいにタプタプと波打ってしまうんだから。

でも、さそわなくてほんとうによかった。

ミートボールが、公園で安定のダメっぷりを見せてくれたからだ。

11

まず、公園にたどりつくまでに、まるまる一時間かかった。ミートボールは、目に入るものすべてのにおいをかごうとした。リードを引っぱると、たちまちおしりを歩道におろし、ぴくりとも動かなくなる。

ぼくは、なんどもなんどもいった。

「ミートボール。公園に行くんだよ！　あっちのほうがずっと楽しいよ。みんな待ってるから、早く行こうよ！」

でも、そんなことをいってもなんの効《き》き目《め》もなかった。ミートボールは、とことんマイペースだった。

けっきょく、パーカーとダニーとトロイをものすごく待たせてしまった。ドッグランに入るゲートのそばまで来ると、三人がマーリンとボタンをよんでいる声が聞こえた。ミートボールもマーリンたちに気づいたようで、耳がピクリと前をむき、ちょっとだけ早足になった。

二重ゲートを入ってリードをはずすと、ミートボールは、しばらく地面のにおいをかぎながら、ドッグランの奥《おく》で走りまわっている二ひきの犬をときどきチラッと見た。

ダニーの妹のロージーが、ベンチに飛《と》びのってぼくに手をふりながらさけんだ。

「エリック――――！　元気――――？」

「やっと来たか！」と、ダニー。

マーリンとボタンは、ミートボールに気がつくと全速力で走ってきた。ミートボールはあとずさりし、肩《かた》をいからせて用心深そうに二ひきを見た。ボタンがぴょんぴょん飛《と》びはねて、ミートボールの顔のにおいをかごうとする。マーリンは、落ちついたようすでまわりを回り、金色にかがやくつやつやのしっぽをふった。やあ、だいじょうぶ、心配いらないよ、といっているみたいだ。

ダニーが、パーカーたちの先頭に立って走ってきた。

「うわー。デブな犬だな」

「おにいちゃん、失礼《しつれい》よ」ロージーが、ぴしゃりという。くるくるの黒髪《くろかみ》をポニーテールにして、ピンク色のリボンでむすんでいる。ピンクのT《ティー》シャツには、大きな字で「わたしはおひめさまよ」とあって、その下に小さな字で、「だから、いうことをききなさい」と書かれていた。

ロージーはつづけた。

「ブルドッグは、こういう見た目なの。ねっ、エリック？」

「うん。ぼくの知るかぎりではね」

するとトロイが、いつもの探偵《たんてい》気どりでいった。

「その体型《たいけい》じゃ、警察犬《けいさつけん》にはむかないと見た。でも、悪くない。それにしても鼻がめちゃめちゃつぶれてるな。どうやって息をするんだ？」

「思いっきりうるさくね」ぼくがそう答えたとたん、ミートボールがフゴゴゴゴ――――と鼻を鳴らして息をした。

うなっていると思ったのか、ボタンはうしろに飛《と》びのいた。

「やあ、ミートボール」パーカーがしゃがんで、じぶんの手のにおいをかがせる。すぐさまマーリンがやきもちを焼《や》き、パーカーのわきにじぶんの頭をもぐりこませた。

ロージーは、腰《こし》に手を当ててミートボールを頭のてっぺんからしっぽの先までまじまじと見つめている。ミートボールは、おでこにしわを寄《よ》せて、マーリンとボタンにおしりのにおいをかがれるたび、びくっとした。二ひきを同時に見ようとして目をぎょろぎょろさせている。

ロージーがいった。

「うーん。エリックの犬っぽくないね」

「どういう意味だ?」パーカーがきく。

「だって、よだれをたらしてるし……うるさいし」

ミートボールが、フゲフゲと鼻を鳴らす。そのとおりといっているのかも。

「エリックは、おとなしいでしょ?」ロージーはつづけた。

「でも、よだれはたらすぞ」と、ダニー。

「たらさないし」ぼくは、ダニーの肩《かた》をパンチした。

口には出さなかったけれど、ロージーのいうとおりだと思った。だからこそ、ここ一週間ずっとなやんでいるんだ。ミートボールは、ぜんぜんぼくの犬っぽくない。

「どっちかっていうと、ダニーおにいちゃんの犬って感じ」ロージーはそういうと、あわててつけたした。「もちろん、うちは飼《か》えないけどね」

「いらないなら、おれがもらってやるぞ」トロイがいった。

「おいおい。おまえのおかあさん、気が変《へん》になっちゃうぞ」と、パーカー。

トロイは、ため息をついた。トロイのおかあさんはものすごく神経質《しんけいしつ》だから、こんなにうるさいよだれ犬を見たら、気絶《きぜつ》しちゃうかもしれない。

マーリンは、ミートボールと遊ぶのをあきらめ、テニスボールをさがしに走っていった。ボタンは、あっちを見たりこっちを見たりして、新入りの顔のたるんだ変《へん》なブルドッグと、むこうに行ってしまったつやつやのかっこいい親友のゴールデンレトリバーのどちらを選《えら》ぼうかとまよっているようだったけれど、けっきょく親友を追いかけていった。

ミートボールが、ほっとしたように息をはく。

「どうしたの、いっしょに遊ばないの？　あの子とは楽しそうに――」ぼくは、はっとして口をつぐんだ。レベッカの家に行ったこともヌードルに会ったことも、ナイショにしている。

「あの子って？」ロージーがきいた。

「えっと……お、おねえちゃんたちのネコ」

「えっ？　おまえんちのネコは、だれともなかよくならないよな？」パーカーが、びっくりしたように眉《まゆ》をあげる。

「えっと、ミートボールもきらわれてるよ。こいつが一方的《いっぽうてき》に遊んでるつもりっていうか」

「体力が、ありあまってるのかもしれないぞ。ほら、これ投げてみろよ」パーカーが、ポケットからテニスボールをとりだす。

ぼくは地面にひざをつき、テニスボールを鼻先にさしだした。ミートボールは、ぺちゃんこの顔を近づけて、寄《よ》り目《め》になってボールを見た。つぶれた鼻をひくひく動かしてにおいをかいだかと思うと、ボールをパクッと口にくわえた。

ぼくは、苦労《くろう》してボールをうばいかえすといった。

「よし、ミートボール！　とってこい！」テニスボールを、力いっぱい遠くに投げる。

ところが、ミートボールは立ちあがりもしなかった。ぼくを見あげて、あれ、変《へん》なの、ボールはどこに消えたんだ？　って顔をした。

「とってきて！　ほら、行って！」ぼくは、投げたほうを指さした。

ミートボールは、指の先をぼんやりと見つめ、それからまたぼくを見あげた。二、三回、目をパチパチさせ、ふわわーんとあくびをする。

そこへボタンが、小さな口にボールをくわえて、トコトコともどってきた。ぼくの足元にボールを落とし、遊ぼうのポーズをしてしっぽをふる。

ロージーは、手をたたいてよろこんだ。

「さすがわたしの犬。あったまいい！」

こんどは、ダニーがボールをひろいあげ、遠くに投げた。ボタンがすぐさま走りだす。

「ほら、見た？　ああやるんだよ」ぼくがいうと、ミートボールは、むくりと立ちあがり体をふった。ほっぺたが、タプタプとゆれる。でもそのあと、ぼくの足にもたれかかった。

パーカーが、プッとふきだす。

「ボールには興味《きょうみ》がないみたいだな」

「こいつは、ネコなみにマイペースなんだよ」ぼくは、うんざりしていった。マーリンはすくなくとも、ボールを追いかける。口にくわえてもどってくるのが苦手なだけだ。

そのあとも、ミートボールは、ずっとこんな調子だった。マーリンとボタンは、ドッグランをかけまわり、水飲み場ではしゃぎ、ぐるぐると円をえがいておたがいを追いかけまわし、最高《さいこう》に楽しそうだった。なのにミートボールは、ぼくがベンチにすわったとたん、ぼくの足にあごをのせて眠《ねむ》ってしまった。もちろんいびきをかいて、よだれをたらした。

レベッカをさそわなくて、よかった。

「おまえ、ほんとうに犬なの？　友だちとまともに遊べないなんて、飼《か》わない理由になっちゃうぞ」

トロイが、ぼくのとなりにすわって野球帽《やきゅうぼう》をとり、赤毛をなでつけながらいった。

「ひとりごとか？」

「このずんぐり犬に話しかけてた」ぼくは、よだれのついたスニーカーでミートボールのあごをくいっと持ちあげた。

「べつの遊びが好《す》きなのかもしれないぜ。ほら、ニコスは、野球はやらないけどゲームは得意《とくい》だろ」

「まあね。犬用のゲーム機《き》でも買ってやるか」と、ぼく。

「〈ブルドッグコング〉とか、〈ミートボールカート〉とかやらせれば？」

「〈ヨダレコンバット〉もいいね」

みんなと別《わか》れて家に帰るあいだも、やっぱり手ばなしたほうがいいんじゃないかと考えていた。レベッカの家のそばにやってくると、その気持ちはさらに強くなった。ミートボールがレベッカの家へ行きたがるせいで、道でみっともないつなひきをするハメになったからだ。ぼくが近くの木にしがみついて、ミートボールはようやくあきらめた。

ミートボールを飼《か》うのは、いい点より悪い点のほうが多い気がする。ドッグランに行っても、ほかの犬といっしょに遊べないなんて……ぼくはそんな犬が、ほんとうにほしいんだろうか。

家について勝手口からキッチンに入ると、トニーの声が聞こえた。

「おかえり、エリック！　野球の試合《しあい》が始まってるぞ！」

ぼくは、リードをはずしてドアノブにかけた。ミートボールが、すぐさまドッグフードの入ったボウルに顔をつっこむ。ぼくは、ミートボールをそのままにして、リビングにむかった。

トニーは、ひじかけ椅子《いす》にすわってテレビで野球の試合《しあい》を見ていた。これこそ、新しいおとうさんができたことのいちばんのいい点だ。ぼくとおかあさんとおねえちゃんだけだったときは、スポーツ番組なんてぜんぜん見られなかった。見られたとしても、せいぜい女子バスケかオリンピックのフィギュアスケートくらい。ここだけの話、十一歳《さい》の男子でぼくほどキミー・マイズナーやサーシャ・コーエンにくわしいやつはいない。

ぼくも、ソファにすわって試合《しあい》を見たかった。でも、アリアドネがソファの背《せ》もたれの上に寝《ね》そべっていて、ぼくを見たとたん、長いグレーのしっぽをいらいらしたようにゆらしはじめた。

「まだ二回裏《うら》だぞ。おかあさんが、今夜は中華《ちゅうか》の出前をたのんでいいってさ」トニーは、テレビから目をはなさずにいった。

「やった！　え、えっと……まずは荷物を部屋に置《お》いてくるね」

「コマーシャルまで待てばいいじゃないか。いまいいところだぞ」トニーが手まねきする。

ぼくは、できるだけアリアドネからはなれたところに腰《こし》をおろした。アリアドネは、ぼくをたっぷりにらんでから起きあがり、するどい爪《つめ》のついた前足を思いきりつきだして伸《の》びをした。それから背《せ》もたれの上から座面《ざめん》に飛《と》びおり、ゆっくりと近づいてきた。こわがらせようとしているんだ。

にげだしたくなった。でも、トニーの前でそんなことをしたら、かっこわるい。だから代わりにクッションをとって盾《たて》にした。アリアドネは、そんなことであたしを止められると思ってるの？　という顔をすると、いつでもぼくを引っかけるところまで来てすわった。

黄色い目ににらみつけられていたら、野球の試合《しあい》に集中できるわけがない。

「ミートボール！」ぼくは助けをもとめた。声がふるえているのが、なさけなかった。でも、キッチンから返ってきたのは、カリカリ、ゴリゴリ、フガフガ、カリゴリ、フゴフゴという音だけ。なんてたよれる相棒《あいぼう》なんだ。

とつぜん、トニーがさけんだ。

「やった！　走れ、行け、ホームランだ！　入れ！」

ぼくは反射的《はんしゃてき》にテレビに目をやり、ボールが球場のフェンスを越《こ》えていくのを見た。と、そのときだった。アリアドネが、盾《たて》にしていたクッションを飛《と》びこえ、おそいかかってきた。

「いたっ！」ぼくは、飛《と》びあがった。腕《うで》には、細長い引《ひ》っかき傷《きず》ができ、血がにじんでいる。

アリアドネが階段《かいだん》をかけあがっていくのと同時に、マーシーが二階のろうかを走ってくる音が聞こえた。

「アリアドネになにしたの？」マーシーは階段《かいだん》の上からどなった。

「なにもしてないよ！」

そのときミートボールが、ひょこひょことリビングに入ってきた。どうした、なにがあった？　おいら、なんか楽しいこと、見のがしちゃったか？　という顔をしている。役立たずもいいところだ。

トニーがぼくの腕《うで》をとっていった。

「見せてごらん。うわー、はでにやられたな」

「だいじょうぶ、慣《な》れてるから。アリアドネのそばにすわったぼくが悪いんだ」

トニーは、あきれたような顔でぼくを見た。

「ソファはみんなのものだ。だれでも好《す》きなときにすわっていいはずだぞ」

ミートボールは、そんなことはいわれなくてもとっくにわかっていたようで、満足《まんぞく》げにソファに寝《ね》そべり、舌《した》を出してハアハアと息をしている。

「たいしたことじゃないよ」ぼくは、ミートボールの横にすわった。

でもトニーは、くちびるをかたくむすんで真剣《しんけん》な顔をしている。

「救急箱《きゅうきゅうばこ》を持ってこよう」

ぼくは、だいじょうぶ、とくりかえしたけれど、トニーはもうキッチンにむかっていた。

マーシーが、階段《かいだん》をおりてきた。ろうかをちらりと見てトニーがいないことをたしかめると、ぼくにむかって小声でいった。

「トニーにいいつけるなんて、弱虫」

「ぼくは、だいじょうぶっていったよ」

フェイスも階段《かいだん》をとちゅうまでおりてきて、手すりから身を乗りだしていった。

「おちびのエリックちゃんったら、ふわふわの小さなネコがこわいなんて」

そのとき、フェイスがマーシーになにかをわたすのが見え、次の瞬間《しゅんかん》なにかがピカッと光った。

「え、なに――」

反射的《はんしゃてき》に目をつぶり、またあけると、マーシーがフェイスにカメラを返すのが見えた。

「なんで写真をとったの？」と、ぼく。

「べつに」マーシーが、意味ありげに笑《わら》う。

ふたりは、トニーがばんそうこうとぬり薬を持ってもどってくる前に、さっきのアリアドネみたいにあっという間に二階へ消えた。

ミートボールは、あいかわらず舌《した》をたらして、のんきにフガフガいっていた。でも、ぼくは不安《ふあん》でたまらなくなった。どうして写真なんかとったんだろう？　なにをたくらんでいるんだろう？

おねえちゃんたちのことだ。きっとぼくにいやがらせをするつもりだ。

12

おねえちゃんたちのたくらみは、すぐつぎの日にわかった。

毎週金曜日は、昼休みのあとにパソコンの授業《じゅぎょう》が一時間ある。ぼくが、一週間でいちばん楽しみにしている授業《じゅぎょう》だ。毎回、「インターネットで以下《いか》の十個《こ》の質問《しつもん》の答えを見つけましょう」とか「エクセルを使って、このデータをもとに円グラフを作成《さくせい》しましょう」とか課題《かだい》が出るんだけど、ぼくにはかんたんすぎてあっという間に終わってしまう。あまった時間、ピアリー先生は、パソコンを使って好《す》きなことをさせてくれる。ぼくは、ここのところずっとフーディーニのウェブサイトをつくっていた。ほかのフーディーニのサイトとは一味ちがう、楽しい感じを目指しているんだけど、それがなかなかむずかしい。

この日は、サイトの上のヘッダーを画面に出したり消したりする仕組みをつくっていた。

と、横に三つはなれた席《せき》にいたレベッカが、はっと息をのむ音が聞こえた。ちらりと目をやると、パソコンの画面を見て顔をしかめている。……と思ったら、とつぜんこっちをむき、ぼくをじっと見つめて、もっと顔をしかめたんだ！

「どうしたの？」ぼくは、思わず小声できいた。

レベッカのとなりにいるブレットが、ぼくを見て眉《まゆ》をひそめる。

「信《しん》じられない！」レベッカは、やっと聞きとれる声でいった。

うわー。ものすごくおこっている。

「なに、どうしたの？」と、ぼく。

おねえちゃんたちがなにかしたんだと、ぴんと来た。きのう、写真をとられたことを思いだし、ふたりがそれを使ってやりそうなことを考えた。ぼくの写真を出会い系《けい》サイトに投稿《とうこう》したとか？　でも、そうだとしたら、レベッカは見られないはずだ。学校のパソコンは、そういうサイトにはアクセスできないようになっている。

https://www.tokuma.jp/kodomonohon/
徳間書店

読者と著者と編集部をむすぶ機関紙

子《こ》どもの本《ほん》だより

2024年11月／12月号　第31巻　184号

『犬を飼ったら、大さわぎ②　トラブルメーカーのブルドッグ？』より
Illustration © 2024 Yukako Ohde

読書の時間

編集部　高尾健士

秋から冬にかけて、温かいスープを飲むような気持ちで、読書をしたくなります。大人になってからは、厳しい現実の世界をより広く、深く知るために読むことが増えましたが、子どものころに読んでいた本を思い返せば、「ナルニア国ものがたり」などの海外のファンタジーや、図鑑が好きでした。

家に学校に習い事、近所の野原や公園といった限られた場所で過ごしていたから、不思議な土地や異国が舞台のファンタジーの世界観にひかれたのかもしれません。遠くはなれたところにいる主人公と一緒に旅をしているような気持ちになって楽しかったのです。

図鑑については、当時はたくさんの情報を知りたかったわけではなく、図鑑にのっている写真や絵を通して、世界には不思議な動物や昆虫がいるんだな、夜空に見える星たちはこんな形をしているんだな、とただ眺めているだけでとてもわくわくしたことを覚えています。

わくわくしながら本を開いたあのころの自分のように、子どもたちが夢中になって楽しめる本をたくさん作って届けていきたいです。

子どもの本の本屋さん〈第160回〉

東京都
品川区

フラヌール書店

今回は、東急目黒線不動前駅から徒歩三分のところにある「フラヌール書店」にて、店主の久禮《くれ》亮《りょう》太《た》さんにお話をうかがいました。

Q　店名のフラヌールという言葉はフランス語で「遊歩者」「散策者」という意味だそうですね。どんな思いがこめられているのでしょうか。

A　フラヌールという言葉を学生時代にヴォルター・ベンヤミンの『パサージュ論』（岩波文庫）で知ったときから、ずっとどこかで使おうと思っていました。どうしてこの言葉が気に入っているかというと、本屋で目当ての本もなくあの本棚からこの本棚へとぶらぶらと歩きまわるときの楽しさが、目的なく街を歩きながら考えるときの楽しさと似ていると思うんです。

ふいに飛び込んでくるキーワードや本の表紙に刺激されて考えが膨らんでいったり、それまで興味がなかった本をおもしろそうだなあと思ってときめいたりする本屋の楽しみを、ぼくはよく街探検的な散歩になぞらえます。それでこの言葉を店名にしました。

お店の外観。入り口には黒板が置いてあり、子どもたちがチョークで自由に絵を描くことができます。

Q　不動前駅の近くにお店を開かれたのは？

A　いちばんの理由は自宅から近いからです。開店の準備をしていたころは娘がまだ小学生で、家事の都合を考えると、家との行き来が近いところのほうが暮らしを組み立てやすいと思いました。

　また、パパ友・ママ友のつながりを通してここに根を下ろした実感があり、自分のお店を開いたら楽しそうだと思ったのもあります。娘が通っていた小学校のPTA会長をしていたので、みなさんに忘れられないうちにお店を開いたら来てくださるだろうという思いもありました（笑）。

Q　お店作りで大切にされていることは？

A　この店を開く前は都内にあるチェーン店の書店で長く勤めていたこともあって、自分とはタイプが違うお客様が興味を持たれる本や、自分は読まないけれどあるお客様が大事そうに買って帰られるような、いろんな分野の本が寄せ集まっている本屋が好きだったんです。

　だからこの店も、人文書から児童書まで幅広い分野の本を置くようにしています。どんなお客様にも「自分の居場所がある」と、少しでも思ってもらえたらうれしいです。

　また、店に置く本を選ぶまでは自分の興味があるテーマや今日的な話題を扱っている本、常連のお客様が好きそうな本を狙い

店主の久禮亮太さん。

すまして選びますが、陳列するときは本の声を聴くような感じで、とても感覚的に置いています。そのほうがどの本も輝いて見えるんです。

　それから、絵本の原画展や地元の作家さんの制作物など、この店でいろんな展示ができたらいいなと思って、小さなギャラリーを併設しています。今はかねこまきさんの絵本『せっけんアワー』の原画展を開催中です（※会期は二〇二四年十月三十一日で終了）。

Q　お店に置かれている二匹のぬいぐるみの犬がかわいらしいですね。

A　この店を始めて数か月経ったころにあまりに孤独だったので、従業員を雇いたいなと思って連れてきました。名前は娘の提案から、白い犬が「フラ」、もう一匹が「ヌール」です。
　夜になるとお店の表に出てきて、店の夜間警備をしています。今日は戻しわすれたので表に出たままです…（笑）。

従業員として働く「フラ」と「ヌール」。

Q　最近おすすめの児童書は？

A　森洋子さんの絵本『かえりみち』（トランスビュー）です。小学生が帰る途中に、木の扉が不思議な世界の入り口になったりと、いろんなものが不思議な形に変容して見えるお話です。
　小学生のころの帰り道って、てくてく歩いていく時間がものすごい楽しいときもあればものすごく退屈なときもあって、いろんな空想にふけりながら、目の前の風景がどんどん変化していたことを覚えています。きらきらした風景でもおそろしい風景でもないような、でもどちらでもあるような、無理に意味付けしようとしてもできない、子どものころのそんな不思議な感覚を、ほとんどえんぴつを使ってモノクロで書いています。その退屈な灰色な感じとどこまでも変化していく感じが巧みに描かれていて、すごいなあと思いました。

落ち着いていて居心地の良い店内の様子。絵本は「かぞくとともだち」「いきもの」など、テーマ別に並んでいます。本棚とベンチは、久禮さんが自らDIYしたもの。

Q　徳間書店の本はいかがでしょうか。

A　『かようびのよる』が好きです。この夜のわくわく感、不思議さがいいですね。

Q　今後の抱負をお願いします！

A　今はまだ頑張って立ち上げた新規事業という感じですが、自分の生活そのものとして、日々を暮らすように長くお店を続けていけたらと思っています。

ありがとうございました！

お店の情報

フラヌール書店

〒141-0031
東京都品川区西五反田
5-6-31

TEL：03-6417-0302

12：00〜20：00

定休日 毎週水曜日＋
第1第3火曜日

https://flaneur.base.ec/

東急目黒線「不動前駅」から
徒歩3分

絵本の魅力にせまる！

絵本、むかしも、いまも…

第163回「旅する画家」nakaban『ダーラナのひ』

文：竹迫祐子《たけさこゆうこ》
いわさきちひろ記念事業団理事。学芸員。主な著書に、『ちひろの昭和』『初山滋』他。

ダーラナダーラナ　きてみてごらん
なみうちぎわに　きてみてごらん

旅をしてきた少女の前に広がる海は、日を照り返してまぶしいほどに黄色く輝き、波が少女を歓迎して、ささやきます。

頁をめくると一転、鮮やかな夕日。そして、宵の帳《とばり》は薄紫から、やがて、濃く深い夜の闇へと変化していきます。予想を超える色の展開で、『ダーラナのひ』は、始まりから読者の心を掴《つか》みます。

いつも内容ごとに、油彩、水彩、鉛筆等に画材を変え、ペインティング、ドローイング、さらに版画等、技法を変えて、さまざまな画風で、新鮮な喜びを届けてくれるｎａｋａｂａｎの絵本。その多くは、穏やかなイメージですが、『ダーラナのひ』は、他の絵本にない色彩の鮮やかさで「光」を描き、心地よい「闇」を捉《とら》えます。一味違う理由のひとつは、色彩設計を含めたラフをｉ・Ｐａｄに挑戦して描いたから、と言います。馴染《なじ》みのない「デジタルを上手に使うことで、思いもよらなかった色があらわれ」(kaisei web) 新しい世界に繋がったと語っています。

一九七四年、広島県生まれ。父親は東京美術学校図案科出身の美術教師で、日曜日には自宅で子ども向けの絵画教室を開き、画材や美術雑誌に囲まれて絵を描く環境で育ちました。恵まれすぎた環境故に悩むことはあったようですが、やはり自分は絵を描くのが好きだと気づき、多摩美術大学グラフィックデザイン科に進みました（YouTube「本とこラジオ＃98」二〇二三）。卒業後は、大阪のチルドレンズ・ミュージアムで、ワークショップの企画、運営の仕事を経てフリーランスに。売り込みは苦手ながら、トムズボックスの土井章史を訪ねて、絵本を作る相談をしたとも言います。

はじめての絵本は、『ないた赤おに』（集英社、二〇〇五）。絵本だけでなく、イラストレーション、挿画、ロゴデザイン、映像作品、立体作品、さらに「ランテルナムジカ」というユニットで音楽と幻灯のライブ活動など、多彩に活躍しています。

ダーラナという名は、「木や土、石のような手触りのある語感が気に入って」付けたと言います。海辺の夜、焚火を見つめるこの旅する少女は、画家本人と重なります。先住民のように、「わたしたちは石と木とも、星とも、機械とも、なにより自分自身とも会話をしなくてはいけない」と自身のサイトでも語るｎａｋａｂａｎ。この発想は、長新太が持つアニミズムにも通ずるようです。

最新の絵本は、内田麟太郎の詩に絵を描いた『ひとのなみだ』。人間に代わって、ロボットが戦場に赴《おもむ》き、何の感慨もなく多くの殺戮《さつりく》を繰り返します。ゲームに興じる「ぼく」は、そんな映像を見ても、気づかぬことにして遊び続けます。近未来と言いつつも、今の私たちに重なる世界を、ダークな色彩で描きました。自然の声を聴くことができなくなって、私たちの行きつく先は？　そう問いかけるｎａｋａｂａｎの絵本は、穏やかですが強い発信をしています。

『ダーラナのひ』
nakaban 作・絵
初版2021年
偕成社 刊

野上暁の児童文学講座

「もう一度読みたい！ '80年代の日本の傑作」

第92回 矢玉四郎《やだましろう》『しゃっくり百万べん』（一九八八年／偕成社）

文：野上暁《のがみあきら》
児童文学研究家。著書に『子ども文化の現代史〜遊び・メディア・サブカルチャーの奔流』（大月書店）ほか。

今年の七月、八十歳で亡くなった矢玉四郎。未来の日記に書いたことが現実になり、空からブタが降ってくるという荒唐《こうとう》無稽《むけい》な絵童話『はれときどきぶた』を始め、ユーモラスで奇想天外なお話をたくさん残しました。この作品も最初から意表を突く展開で、最後まではらはらドキドキしながら楽しめる傑作です。

晴夫は、しゃっくりがとまらない。お隣のおばあさんが、お稲荷さんに行ってお願いしてくるといいと言うので、そうしたがとまらない。一晩寝ても治らないので学校も休むことにする。お母さんは、何も食べずに寝ているようにと言って出かけるが、晴夫はお腹が空いてたまらない。

そこで、何か買いに行こうと家を抜け出し、お稲荷さんの前で見つけた自動販売機でキツネどんぶりを買う。見たこともないどんぶりだなと思いながら、家に帰ってお湯を注ぐと、どんぶりから真っ白い湯気が噴き出し、「ケーン！」と一声鳴いてキツネが飛び出してきて、「どうじゃ、びっくりしたか?」と言う。晴夫はびっくりしたが、しゃっくりはとまらない。

キツネは「しゃっくりが百万べんでると、死ぬぞよ！」と言って、なんとか晴夫を驚かせてしゃっくりをとめようとする。いろんな宝物を収めてある宝物殿から、びっくり箱を持ってこさせるために、キツネは箸を両手に持って呪文を唱え、どんぶりをUFOのように宙を飛ばす。

どんぶりが持って帰って来たびっくり箱を開けると、ネズミや、死んだ毛虫、カエルのミイラ、鶏の脚、トカゲのしっぽと、次々に飛び出してくるが、晴夫は驚かない。

びっくり箱でダメならドッキリソースだ、とキツネは言い、また呪文を唱えてどんぶりを飛ばす。

そのとき玄関のチャイムが鳴って、同じクラスの水野圭子が晴夫の様子を見に来る。そこにドッキリソースの瓶を載せたどんぶりが飛び込んできて、圭子の頭をかすめ、台所に向かう。台所のあたり一面に青い煙が漂い、キツネが伸びていた。飛んできたどんぶりがキツネの頭に当たって、どんぶりからドッキリソースの瓶が飛び出し、中身がこぼれていた。圭子が、倒れているキツネの頭を冷やそうと冷蔵庫を開けると、頭にプロペラのついた奇妙な鳥が飛び出し、一声鳴くと卵を産んで窓から飛び出て行った。物語の後半は、ドッキリソースのせいで、家の中がお化け屋敷のようになって次々と奇妙奇天烈《きてれつ》な現象が起こり、エキサイティングで楽しい。

マンガ家を目指し、出版社にマンガ原稿の持ち込みをしたこともある作者が、物語に合わせて挿絵も描き、吹き出しをうまく使って、文章と絵を見事に一体化させていて、効果的な作品。

前後の見返しに「ドッキリ・うらないゲーム」と「ドッキリすごろく!!!」を配し、本文ページの右側の欄外に、おまじないや諺《ことわざ》や都市伝説や豆知識まで詰め込むなど、この作者ならではの読者サービスも心憎いばかりです。

『しゃっくり百万べん』
矢玉四郎 作
初版1988年
偕成社 刊

特別レポート by 岡根谷実里《おかねやみさと》さん アレクサンドラ＆ダニエル・ミジェリンスキをたずねて

『世界の国からいただきます！』で日本語版監修を担当された岡根谷実里さんが、著者のふたりを訪問。レポートを寄せてくださいました。

「この本を書いた人に会いたいな」

　大好きな絵本に出会ったとき、気に入った物語を読み返しているとき、そんな夢を抱いたことはありませんか。わたしは『世界の～』に携わって以来、いつかこの著者に会いたいと思うようになりました。だって、絵本からあふれでてくる世界の食への情熱がすごいんです。絵本なのに、まるで図鑑のように知識が詰まっていて、ページをめくるたびにさまざまな国々の食べものの物語に出会える本。翻訳監修者としてのわたしの仕事は、原作が日本語で正しく表現できているか確認し、表現を調整していくことだったのですが、その役割を忘れて、はじめて知る食べものの話に興奮しっぱなしでした。だからいつか、この本の著者に会いたいと思っていました。

　その夢が叶ったのが、二〇二三年の終わり、真冬のこと。わたし自身の活動である「台所探検」でポーランドを訪れることになり、その際に会えることになったのです。それも、「よかったら一緒にピエロギを作らない？」といううれしい提案まで。

　ピエロギというのは、ポーランドの代表的な料理で、餃子のように皮に具材を包んで作ります。『世界の～』のポーランドのページで紹介されていたのが、まさにこのピエロギ。大好きな本を書いた人たちと、本の中の料理を一緒に作れるなんて！　夢のような話にうきうきして、真冬のポーランドに向かったのでした。

　教えてもらった住所を頼りに家を訪れると、ダニエルとアレクサンドラ夫妻、それからこの本のレシピや料理の専門知識を担当したナタリア・バラノフスカ、外国語版のデザインにも携わったアシスタントのゾーシャ・フランコウスカが台所に立って、材料の支度をしているところでした。

「ようこそ！　外は寒かったでしょ。フライトはどうだった？」初めて会うのにとてもフレンドリーな方々で、友だちと餃子パーティーをするような雰囲気でピエロギ包みが始まりました。

　指揮をとるのはナタリア。ダニエルとアレクサンドラの長年の友人で、料理の仕事をしており、パンの受注販売もしているそうです。ダニエルとアレクサンドラが、この本を作ると決めたときに一緒にやろうと声をかけたのだそうです。「ぼくたちも料理は大好きだけれど、ナタリアは専門家だからね。彼女の知識でよりよいものになると確信していたんだ」とダニエル。

　小さく丸めた生地を麺棒でのばして薄い皮を作るナタリア。そこにゆでたそばの実と白いほろほろのチーズをまぜたものを入れて包んでいきます。「ぼくはスプーン二杯分詰めるのが限界なんだけど、ナタリアはすごくたくさん入れられるんだ。四個食べればお腹いっぱいになるはずだよ」。ダニエルの言葉に、ナタリアの手元を見ると信じられないくらい具材を乗せて、そ

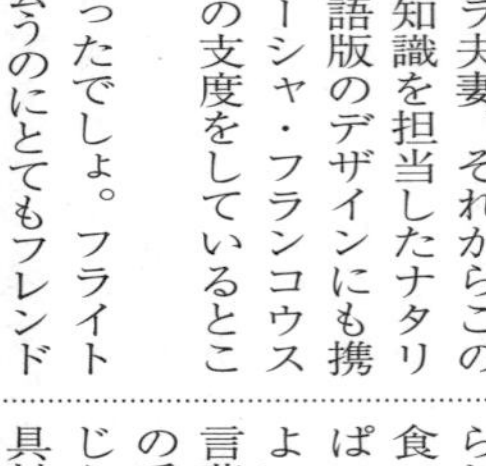

ピエロギを包む。左から岡根谷さん、ゾーシャ、ナタリア、アレクサンドラ、ダニエル。

れを皮を破ることもなくきれいに包みこんでしまうんです。彼女の手に乗ったピエロギは、手のひらサイズでまるでお饅頭《まんじゅう》。予想外の大きさです。ダニエルは好奇心の塊で、日本食や日本文化のことを次々と聞いてきます。アレクサンドラはもの静かで、その隣でにこにこして聞いています。ナタリアはダニエルに負けないくらいおしゃべり。とめどなくしゃべりながら、手は止めずに包んでいきます。

ところで、ポーランドのピエロギといえば、じゃがいもとチーズやお肉のものがよく知られているのですが、本で紹介されていたのは「そばの実とカッテージチーズ（トゥファルク）のピエロギ」。聞いたことがなく、なんでこれにしたんだろうとずっと気になっていました。そこで尋ねてみると、ダニエルは待っていたと言わんばかりに説明してくれました。

「ポーランドの食の歴史を語るには、このピエロギがはずせない。昔ポーランドは貧しくて、そばなどの雑穀をお粥《かゆ》にしたのを日々食べていた。そばはどこの家でも手に入ったから。それから、トゥファルクは牛乳を発酵させて作るチーズだけれど、冬がうんと寒くなるポーランドは、野菜や乳製品の発酵食品が豊富。そばのような雑穀も、トゥファルクのような発酵食品も、それぞれポーランドという国を語るのに欠かせない食材だから、本の中で紹介したかった。それで、この二つをまさに体感できる料理が、このそばとチーズのピエロギなんだ」というのです。実際、レストランのメニューにはのらないけれど、彼らのそれぞれの実家でも、よく作るのはこのピエロギなのだそうです。

のっているレシピを作ってみることで、知らない国の暮らしがより深く理解でき、体験できる。そこまで深く考えて絵本を設計していたなんて…。「ポーランドだけじゃなく全部の国のページをそうやって進めたよ。それはもう大変なパズルで、意見の衝突もいっぱいあったけどね」とダニエルは笑います。

包み終えたピエロギは百個近く。「ピエロギは一気にまとめて作って冷凍させておくものだから、少量では作らないんだよ」とナタリア。二〜三十個ほどゆでて、茶色く炒めた玉ねぎとヨーグルトをのせて、いただきます。ゆでてまた一回り大きくなったピエロギは、なかなかの貫禄です。フォークで切って口に入れると、卯の花やポテトサラダを連想するやさしい食感。トゥファルクは豆腐に近いぽそっとしたチーズで、そばの実も控えめな味なのです。しかし炒め玉ねぎの深い甘みとヨーグルトの酸味が加わると、一気に豊かな味に。派手さはないけれど体を満たす確かな味に、四人が教えてくれたポーランドの食の風景を感じるようでした。

驚いたのは、みんな日本の食文化にうんと詳しかったこと。日本が好きなんだそうです。ピエロギの後、わたしがお礼におにぎりと味噌汁を作ったのですが、持参した味噌を見てアレクサンドラが「うちにもあるよ」と冷蔵庫を開けて二種類も出してきて、舌を巻いてしまいました。ピエロギをお腹いっぱい食べた後なのに、おにぎりと味噌汁を喜んで食べてくれて、「食べるのも作るのも大好きなんだ」とにっこり。

著者たちのゆるぎない食への情熱が詰まった『世界の国からいただきます！』、読者の「世界への扉」を開く一冊だと改めて確信しました。

岡根谷実里（おかねやみさと）「世界の台所探検家」。世界各地の家庭で一緒に料理し、著作や講演などで暮らしや社会の様子を発信している。

私と子どもの本

第156回「絵本の骨格」『サムとデイブ、あなをほる』

文：前田次郎
1983年生。武蔵野美術大学造形学部基礎デザイン学科卒業。探検家関野吉晴の「海のグレートジャーニー」に参加。創作絵本に『うみの まもの』(徳間書店)がある。

　二〇二四年の夏、僕はデビュー作となる絵本『うみの まもの』を出版しました。その道のりは、長くて、暗くて、湿っぽいトンネルのようでした。掘っても掘っても見えない出口。ついに右も左もわからなくなった僕は、自分はどんな絵本が好きかをあらためて図書館で探してみることにしました。すると三十~四十冊に一冊くらい、コツンと手ごたえがあります。そして一か月ほど経ったある日、ガツン！　と大物を掘り当てました。ジョン・クラッセンが描く『サムとデイブ、あなをほる』でした。

　この絵本は、二人の少年がスコップ片手に、祖父の庭で穴を掘るお話です。「すっごいものを　みつけるまで　ほるんだ」と掘り進めますが、何も出てきません。読者には地中に埋まった大きなダイヤモンドが見えています。でも、あと少しでダイヤが見つかる！　というところで、毎回二人は「こんどは　よこに　ほってみよう」と方向を変えてしまうのです。おかしくて、もどかしくて、でも人生にも重なって見えて、ちょっぴり切なくもあります。

　クラッセンの絵本は、絵が多くを語る分、文章が少ないのが特徴の一つ。それでいて絵は抽象的で、主人公の表情さえ描かれていません。口数も少なく、感情がうかがい知れるのは、わずかな目の動きくらい。なのに、妙に人間味があって魅力的なのは、その無愛想な表情の奥に、読者が誰か似た人を思い浮かべるからなのでしょう。絵本全体を見渡せば、グラフィカルで大胆な画面構成が魅力。地中に次々と現れる宝石が、しまいには見開きに収まりきらないほど巨大になって、もはや、その全体像さえも読者の想像次第です。そして彼の真髄《しんずい》は、お話主導ではなく絵の展開で見せる作家に特有の、設計者としての側面だと僕は思っています。読者の想像に委ねてもブレないのは、絵本がしっかりした骨格をもっているから。そして、その骨格の設計こそが、僕が自分の絵本づくりに求めていたものでした。

　サムとデイブが、果たして宝石を掘り当てたのかどうかは、本書を読んでもらうとして、二人が期待した「すっごいもの」って、一体何だったのでしょう？　地中が見えていた僕は、てっきりダイヤだと思い込んでいました。けれど予想外の結末に、はたと気づくのです。サムとデイブには、最初からダイヤは見えていなかったのだと。そして、アテもなく穴を掘っていた二人の眩《まぶ》しいほどの純粋さと、ダイヤに目が眩《くら》んでいた自分にも気づかされるのです。

　お話の最後、「なんか　ちょっとすごかったね」といって、二人は建物に入っていきます。クタクタになるまで掘り続けた二人にしては、あっけない幕切れ。けれど、二人が去ったあと、絵が静かに語りかけてきます。長い長いトンネルを抜けた先に見えるのは、いつもと同じようでいて、全く違う世界なのだと。…というのは僕の解釈ですが、クラッセンの絵本は言葉少なに、多くのことを想像させてくれます。たかだか三十数ページしかない絵本の、その奥深さと底知れない可能性を教えてくれた、僕にとって宝物の絵本です。

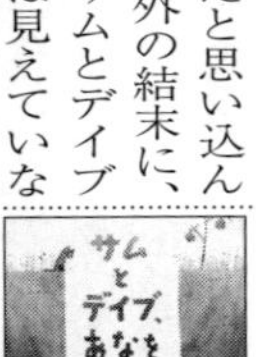

『サムとデイブ、あなをほる』
マック・バーネット 文
ジョン・クラッセン 絵
なかがわちひろ 訳
あすなろ書房 刊

上大崎発 読書案内

『子どもの持つ力への信頼』

編集部おすすめの本をご紹介します。

「ウンコロジー」という言葉を聞いたことはありますか？　自然という大きな循環の中で、科学的な目で「ウンコ」を研究しよう、ウンコを地球全体の環境保全に役立てようというエコロジーのこと。『ウンコロジー入門』の著者は、一九七四年から、「ノグソ」の実践を始めました。つまり、毎日トイレを使わず、野山で、地面に穴を掘って、そこにウンコをして、土をかけて埋めているのです（そのために山を借りています！）。本書は、なぜ著者がこのような「活動」を始めたのか、ウンコが環境問題を解決する手段になるとはどういうことかを、わかりやすく語ったものです。

二十歳のころから自然保護運動を始めた著者は、二十三歳のときに、し尿処理場建設反対という住民運動をニュースで知ったことにより、自身のトイレやウンコについて真剣に考え始めました。

同じころ、自然保護運動の一環で自然を撮影するなか、キノコの魅力に出会い、以後キノコ専門の写真家の道を歩んでいました。そうするうちに、枯れ木や落ち葉という植物の死体、動物の死体やウンコはキノコ（菌類）が腐らせて分解し土に還し、その養分で植物が生き続け、その植物を食べて動物が生き、菌類も生き続けてきたことを知ります。

本書の冒頭に、この循環のわかりやすいイラストがあります。元素記号を使い、二酸化炭素や酸素、窒素の循環について解説していますが、まだ元素記号を学ぶ前の子どもにも理解しやすいものになっています。

江戸時代には、江戸の町のウンコは、肥料として農家に買い取られていました。では、現在、水洗トイレから流れていったウンコはどこへ行って、どのように処理されるか知っていますか？（すべての市町村ではありませんが、大雑把《おおざっぱ》にまとめると）下水処理場で水分と固形物の汚泥に分けられ、固形物は燃料を使って焼却され、その灰はセメント等の原料などに使われます。ウンコが自然に還り、あらたな命に生まれ変わるという地球全体での命の循環から、わたしたち人間ははずれてしまっている、ということです。

本書では、ノグソに虫や動物が群がり、菌類や栄養を求めて草木の根がウンコに伸びるようすなどをカラー写真（！）で紹介しています。また、日を追ってウンコが変化、分解されていく過程の匂いと形状の変化などをグラフにしてわかりやすく解説しています。未来の地球のために、このような活動を子どもたちが知る、というのは、とても大切なことだと思います。この本と出合った子どもが、将来、人間のウンコが燃やされずに、自然の循環の中に取り入れられるしくみを発明するかもしれません。

探検家・関野吉晴が監督したドキュメンタリー映画「うんこと死体の復権」では、著者の活動や、ウンコが菌類に分解されていく様を映像で見ることができます。同じ著者の『葉っぱのぐそをはじめよう』（山と渓谷社）では、お尻をふくのに向いた葉（紙は分解されないので、葉を使っていますが、そのために栽培もしています）を写真付きで詳しく紹介しています。興味のある方はぜひこちらも読んでみてください。

（編集部　小島）

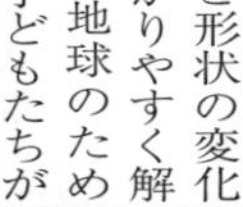

『ウンコロジー入門』
伊沢正名 著
偕成社 刊

徳間のゴホン！

第157回
「そらいろまがたま、っていう本」

『空色勾玉』の作者の荻原規子《おぎわらのりこ》さんとわたしは、大学の子どもの本のサークルで出会い、卒業後も、児童文学の読書会でよく顔を合わせていました。二人とも、学生時代に大切にしていた児童文学への思いを、社会人になった後どうやって生かし続けたらいいかと模索していたころです。就職後、児童書の仕事がしたい、としつこく言い続けていたわたしが、なんとか「じゃあやってみたら」と言ってもらい、真っ先に声をかけたのが彼女でした。荻原さんに頼もう、と考えた理由は、学生時代に書かれた創作作品（その後の荻原作品を考えると、かなり短いものばかり！）で筆力を知っていたこともありますが、それよりも、「同じものを読んで、同じように楽しんできた同志」としての信頼感が大きかったと思います。

子ども時代に読んでおもしろかったのは、ともに、圧倒的に欧米からの翻訳作品、とくにファンタジー。『銀のいす』で、最後に地底の割れ目が閉じるときに…」などとトリビアルなことを突然言っても、ちゃんと話が通じます。でも、大人になってからは、「日本を舞台にしたファンタジーはなぜ存在しないのだろう？」と二人とも疑問に思っていました。（冗談のようですが、当時は「日本人にはファンタジーは書けない」という論まであったのです。）そこで、「日本を舞台にしたおもしろいファンタジーを出そう！」というのが合言葉になりました。

イギリスには、「ナルニア」や『トムは真夜中の庭で』に登場するような風景が実在し、イギリスで暮らす子どもは、風景まで含めてファンタジーの世界だと思って想像力を目いっぱい駆使して読む日本の子どもに比べると、「よく知っている場所でおもしろいお話が展開する」という贅沢を味わえます。それが常々うらやましかったわたしは、『空色勾玉』の原稿を初めて読んだとき、鯉に憑依した稚羽矢《ちはや》が狭也《さや》に話しかけてくる、蒸し暑い初夏の宮中の池や、二人が訪れる秋の松虫草の原など、さまざまな場面で、「ああ、この風景はよく知っている」と、しみじみとうれしかったことを覚えています。

出版後、一つ、忘れられない出来事がありました。原因はもう思い出せませんが、わたしは夜中に悲しいむしゃくしゃした気分で、雨の六本木を一人うろうろしていました。夜中まで開いている書店（いまはもうありませんが）にふらふら入っていったとき、がらんと明るい店内のカウンターで、高校生らしき少年が書評の切り抜きを手に、「そらいろまがたま、っていう本、ありますか」と尋ねていたのです。そして出してもらった本を、彼はその場で買ってくれました。今思うと、話しかければよかったかな、とも思いますが、わたしはただ黙って目を丸くして（悲しい気分などすっかり吹っ飛んで）、大事そうに本を抱えて店を出ていく少年の、ちょっと光る白いシャツの後ろ姿を見つめていました。

あの夜中の明るい書店から、『空色勾玉』が世代を超えて読まれている三十六年後の今日まで、永遠のように長かったようにも、ちっとも時間がたっていないようにも思えます。荻原規子さんは、いままた新作を執筆中です。

（編集部　上村）

『空色勾玉』
荻原規子 作

編集部のこぼれ話

○月×日

富山県射水市大島絵本館で、「ココヨセ・ジュンジ絵本原画展」が開催され、会期中には、ココヨセ・ジュンジさんのワークショップも行われました。

当日は、ココヨセさんによる『おたすけこびと』の読み聞かせでスタート。そのあとは、ライブ・ペインティングです。会場に設置された大きな紙に、ココヨセさんが「働く車」を描いていきます。子どもたちも参加して、こびとの絵に色を塗り、働く車の上に貼りつけます。見る見るうちに、働く車は、こびとたちでいっぱいに！

最後の写真撮影では、ココヨセさんにすっかりなついた小さな坊やが、ココヨセさんのお膝に座りこむ愛らしい姿も。まるでおじいちゃんと孫のようです。また、中学三年生の男の子は、幼い頃から『おたすけこびと』が大好きだったので、妹の付き添いとして、受験勉強の合間に来た、と話してくれました。

○月×日

十月中旬、英国の出版社とのミーティングのため、ロンドンへ行きました。その際、以前から行きたいと思っていた児童書専門店「アリゲーターズ・マウス」へ。

地図を頼りにお店にたどりつくと、正面のガラスになんだか見覚えのある絵が！　日本では九月に刊行した『ぼくのペンギンはどこ？』（サム・アッシャー作・絵）のイラストです。このお店と縁の深いアッシャーが、窓ガラスに直接描いたそう。絵本の一場面が、突然目の前に現れ、思わず興奮して写真を撮りました。

正面の窓ガラスに、アッシャーのイラストが！

お店のオーナーにもインタビューしましたので、詳しくは、来年の「子どもの本の本屋さん」コーナーでお伝えします。お楽しみに！

■三十周年しおり配布中です

徳間書店の児童書創刊から、今年で三十周年。それを記念して、既刊のイラストを使用したしおりを書店さんで配布しています。十一月は『おたすけこびとのクリスマス』、十二月は『みつばちさんのティールーム』。書店で見つからなかったという方は、左記アドレスへお申し込みください。

tkchild@shoten.tokuma.com

■君たちはどう生きるか展　第三部背景美術編、始まります！

長編アニメーション「君たちはどう生きるか」の手描きの背景美術を展示。ぜひご覧ください。

・十一月二十三日から

・三鷹の森ジブリ美術館

アニメ絵本も好評発売中！

メールマガジン配信中！

ご希望の方は、左記アドレスへ空メールを！（件名「メールマガジン希望」）

→tkchild@shoten.tokuma.com

児童書編集部のX（旧ツイッター）！

Xでは、新刊やイベント、ｎｏｔｅの投稿告知など、さまざまな情報をお知らせしています。

→@TokumaChildren

児童書編集部のインスタグラム！

インスタグラムでは、新刊情報をお知らせしています。

→http://www.instagram.com/tokuma_kodomonohon/

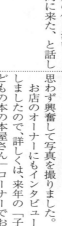

絵本11月新刊

ムーミン谷へのながいたび

ムーミンのポップアップ絵本

11月刊

絵本

ムーミンママとムーミントロールは、冬にあたたかくすごせる家をさがして、たびにでていました。いなくなってしまったムーミンパパにもあえるといいのですが…。

森でふたりがであったのは、耳が大きなスニフ。スニフもつれだって、おとずれたのは、まほうのにわ。キャンディのなる木や、ミルクの小川が流れています。そこからジェットコースターにのってたどりついたのは、海辺。ニョロニョロたちが[illegible]のせてもらうことになりました。ムーミンパパは、ニョロニョロたちといっしょにいなくなってしまったからです…。

トーベ・ヤンソンの初めての童話『小さなトロールと大きな洪水』の出版八十年を記念して、豪華なポップアップ絵本になりました。

トーベ・ヤンソン原作
エレナ・セレナ作
当麻ゆか訳
28cm／10ページ
4歳から
定価四六二〇円（税込）

■好評既刊　プレゼントにおすすめ！

クラシック・ムーミン絵本
ムーミン谷のクリスマス

ムーミン一家がぐっすり冬眠していると、いきなりヘムルに起こされました。ヘムルは、「クリスマスがくるのに、ねむってるなんて！」と言いますが、ムーミン一家は「クリスマス」なんて聞くのは、はじめてなのです。そこでムーミンたちは…？

ムーミンの短編が、手に取りやすい絵本になりました。

T・ヤンソン原作／ハリディ&ダヴィッドソン文／ヴィードルンド絵／オスターグレン晴子訳／27cm／32ページ／5歳から／定価一九八〇円（税込）

ムーミン谷のすべて
ムーミン・トロールとトーベ・ヤンソン

ムーミン谷の物語の世界を、英国の児童文学作家が愛情深く紹介。第一部では、物語に登場するキャラクターを脇役にいたるまで、挿絵を添えて丁寧に解説。第二部ではトーベ・ヤンソンの生涯を、貴重な写真をまじえて追い、ムーミンが生まれた背景を描きます。ファン必携の、ムーミンの魅力をたっぷりつめこんだ豪華な本。

フィリップ・アーダー文／徳間書店児童書編集部訳／28cm／360ページ／小学校中学年から／定価四四〇〇円（税込）

児童文学11月新刊

やまの動物病院③ くいしんぼうのクララ

11月刊　文学

まちの動物病院でくらしている、大きなねこのとらまるは、毎晩、まちの先生が眠ってしまうと、「やまの動物病院」をひらいて、山の動物たちの病気やけがを、治していました。

まちの先生が、風邪をひいて寝こんでしまった晩のこと。とらまるは、いつものように、山の動物たちを診察し、ついでに、山の動物たちにも手伝ってもらって、まちの先生の看病をしていました。するとそこへ、まちの先生の患者の、ヤギのメリーが、牛のクララをつれてかけこんできました。「とらまるちゃん、たいへんたいへん！」

今度は何があったのでしょう…？　なかがわちひろの人気の幼年童話シリーズ、第三巻！

なかがわちひろ作・絵
Ａ５判／６４ページ
小学校低中学年から
定価一八七〇円（税込）

好評既刊　やまの動物病院シリーズ

やまの動物病院

やまの動物病院シリーズ第一巻、ひろすけ童話賞受賞作。

昼間は、人間のまちのよしお先生が、町の動物たちを診察している動物病院。まちの先生は、飼い猫のとらまるが、夜になると、山の動物たちのための病院「やまの動物病院」を開いていることを知りません。

とらまるのところには、キツネ、リス、コウモリ…といろんな動物たちがやってきます。著者によるイラストがユーモラスでかわいい、オールカラーの幼年童話です。

やまの動物病院②
とらまる、山へいく

ある晩、やまの動物病院に、ウサギのおばさんがやってきました。山にいるだれかが苦しんでいるから、とらまるに往診に来てほしいと言うのです。とらまるは、てきぱきとしたくをして、ウサギといっしょに山道を歩いていきました。困っている動物たちを次々に診てあげながら、どんどん山をのぼっていくと…？

動物たちとの交流がほっこりとゆかいなお話。とらまるが、まちの先生の飼い猫になったときのことも明かされます！

児童文学12月新刊

犬を飼ったら、大さわぎ！②
トラブルメーカーのブルドッグ？

12月刊　文学

トゥイ・T・サザーランド作
相良倫子訳
B6判／232ページ
小学校中高学年から
定価一七六〇円（税込）

十二歳のエリックは、おとなしくて、おくびょうな男の子。ラブラドールレトリバーのように大きくて足が長い犬を飼いたいと思っていますが、エリックのお母さんは飼うことを許してくれません。エリックには十六歳のいじわるな双子の姉がいて、家にはその姉たちがとてもかわいがっている、二匹のネコがいるからです。このネコたちはエリックのことを目の敵《かたき》にしていて、エリックは姉にもネコにも逆らうことができません。ある日の夕方、エリックは母さんが獣医として働く動物病院の外で、大きなブルドッグを見つけました。タプタプのほっぺたは垂れ下がっていて、おでこにはしわが寄っています。首輪にはさまっていたメモには、「ミートボールをよろしくおねがいします。うちではもう飼えません」と書いてありました。エリックの家で犬をあずかることになりますが、ミートボールはいうことをきかなくて…？

マイペースな犬と、犬から勇気をもらったおくびょうな男の子を描いた、心温まる物語。

この銃弾を忘れない

12月刊　文学

表紙画イメージ

マイテ・カランサ作
宇野和美訳
B6判／224ページ
十代から
定価一八七〇円（税込）

一九三八年スペイン北部。二年前に内戦が始まった後、炭鉱で働いていたミゲルの父さんは、「民主主義を守る戦い」に身を投じて、行方がわからなくなっていた。十三歳になったミゲルは、母さんとおばあちゃん、幼い五人の弟妹を支えるため、進学をあきらめて、牛の世話をして働いていた。

そんなある日、炭鉱で父さんといっしょに働いていた男が村に戻ってきて、父さんが二百キロ近く離れた町の収容所に入れられているのを見た、と告げる。するとき母さんはミゲルに、「父さんに食べ物を持っていって。そして連れて帰ってきて」と言い出す。無理だ、と思いながらも、母さんや弟たちの勢いに押され、忠実な犬だけを連れて一人で旅に出たミゲル。でも道中はオオカミのいる森や、敵か味方かわからない放浪の兵士など、危険でいっぱいで…？

スペインの実力派作家が、内戦中に実際にあった出来事をもとに描く、家族の絆と、少年の困難な旅と成長の物語。

文庫11・12月新装版

文庫　空色勾玉　新装版　11月刊　文庫

〈輝《かぐ》〉の大御神《おおみかみ》の双子の御子《みこ》と、〈闇《くら》〉の氏族とが激しく争う戦乱の世。

〈輝〉の御子に憧れる十五歳の村娘狭也《さや》は、訪れた〈闇〉の氏族に、空色の勾玉を手渡される。それは鎮《しず》めの玉、狭也が〈闇〉の巫女姫《みこひめ》であるしるし…。

　自分の運命を受け入れられず、〈輝の宮〉に身を寄せた狭也を待っていたのは、深い絶望と、不思議な出会いだった。

　宮の奥深くに縛《いまし》められていた少年稚羽矢《ちはや》は、すべてのものを滅ぼすという〈大蛇《おろち》の剣〉の主《ぬし》だったのだ…。

　神々が地上を歩いていた古代の日本を舞台に、絢爛豪華に織り上げられた、荻原規子のデビュー作。日本のファンタジーの金字塔！

　表紙・カラー口絵（佐竹美保・絵）を新たにした、文庫の新装版です。解説は中沢新一。

荻原規子作
十代から
文庫版／544ページ
定価各一一〇〇円（税込）

文庫　白鳥異伝（上・下）　新装版　12月刊　文庫

勾玉を守る〈橘《たちばな》〉の一族の娘、遠子《とおこ》は、拾い子の小倶那《おぐな》と双子のように育った。

　だが小倶那は皇子に見出されて都《みやこ》へ出、数年後〈大蛇《おろち》の剣《つるぎ》〉の主《ぬし》となり、遠子の郷を焼き滅ぼしてしまう。

「小倶那はタケル、忌《い》むべきものじゃ。剣が発動するかぎり、豊葦原《とよあしはら》のさだめはゆがみ続ける…」大巫女の託宣《たくせん》に、遠子は「小倶那は自分が倒す」と誓う。

　嬰《みどり》の勾玉の主・菅流《すがる》に助けられ、各地で勾玉を守っていた〈橘〉の一族から次々に勾玉を譲り受けた遠子は、ついに嬰《みどり》・生《き》・暗《くろ》・顕《しろ》の四つの勾玉を連ねた、なにものにも死をもたらすという〈玉《たま》の御統《みすまる》〉の主となった。だが、呪われた剣を手にした小倶那と再会したとき、遠子の身に起こったことは…？

　ヤマトタケル伝説を下敷きに描かれた、壮大なファンタジー。文庫の新装版。解説は児童文学者・神宮輝夫。

荻原規子作
十代から
文庫版／上416ページ
下464ページ
定価各一一〇〇円（税込）

◆読者のみなさまへ◆

「子どもの本だより」を定期購読しませんか？

徳間書店の児童書をご愛読いただきありがとうございます。編集部では「子どもの本だより」の定期購読を受けつけています。お申し込みされますと二カ月に一度「子どもの本だより」をお送りする他、絵本から場面をとった絵葉書（非売品）などもお届けします。ご希望の方は、八百円（送料を含む一年分の定期購読料）を郵便振替（加入者名・㈱徳間書店／口座番号・00130・3・110665番）でお振り込みください（尚、郵便振替手数料は皆様のご負担となりますので、ご了承ください）。

ご入金を確認後、一、二カ月以内に第一回目を、その後隔月で「子どもの本だより」（全部で六回）をお届けします（お申し込みの時期により、多少、お待ちいただく場合があります）。

また、皆様からいただくご意見や、ご感想は、著者や訳者の方々も、たいへん楽しみにしていらっしゃいます。どうぞ、編集部までお寄せください。

読者からのおたより

●このコーナーでは編集部にお寄せいただいたお手紙や、愛読者カードの中からいくつかを、ご紹介しています。

●絵本『キツネザルのあったかいセーター』

表紙を見て、きっと元気が出そうだと感じて手に取りましたが、その通りでした。オオヤマネコとクマとワオキツネザルの友情に、しみじみしました。九十三歳で認知症を患っている母も、「この本、おもしろいね」と楽しんでいました。

（兵庫県・島崎晶子さん）

●絵本『世界の国からいただきます！』

この本は、娘が四歳の時に祖母からのクリスマスプレゼントでいただきました。最初は、びっしり描かれたイラストに圧倒されながらも興味深々に見入り、五歳になる前に文字を追って、ひとり読み。六歳になる今では、おおよその国の食べものを覚えてしまい、親のほうが娘に教わるほどに。娘の成長を感じています。われわれ親の時代より、はるかにグローバル化された社会の荒波をわたっていくことになる娘にとって、ひとつの「糧」となれば、言うことないなと思います。生涯の宝物となる本を、どうもありがとうございました。

（秋田県・Y・Yさん）

●絵本『おたすけこびとのクリスマス』

とてもかわいらしい絵本に、ほっこりしました。サンタさんの舞台裏が知れて、クリスマスがくるのが、よりいっそう楽しみになりました。一歳の子どもでも分かる内容で、買ってよかったです。

（千葉県・T・Aさん）

●児童文学『夏に、ネコをさがして』

佳斗の一生けん命さに感動しました。西田俊也さんの本は、どれも最高です！

（静岡県・細谷真子さん・十一歳）

●アニメ絵本『スタジオジブリのいろんなくらし』

「となりのトトロ」が好きなので、家の設計などがとてもカッコ良く、僕も住んでみたいと思いました。勉強になりました。

（新潟県・K・Hさん・十二歳）

●アニメ絵本『猫の恩返し』

娘（四歳）は、子供のハルちゃんが子猫のユキちゃんに、お魚のクッキーをあげるところが好きだそうです。何回も繰り返し読んでいます。

（福岡県・N・Tさん）

「どうしたの、じゃないよ。かわいそうなミートボール！　保護施設《ほごしせつ》の犬たちがどんなにさみしい思いをしてるか、知ってる？」

ぼくとレベッカのあいだにいるブレットとハイディは、テニスの試合《しあい》を観戦《かんせん》しているみたいに右を見たり左を見たりしている。犬ということばに、ハイディの耳がピクッと動いた。

うしろを見ると、ピアリー先生はジョナスという男子のとなりにすわって、キーボードを打ちながらなにやら説明《せつめい》していた。ちょうどこっちに背《せ》をむけている。ぼくは立ちあがって、しのび足でレベッカのそばに行った。

運悪く、レベッカのむかいの席《せき》にはタラとナターシャがいた。ふたりは、ぼくがレベッカの横にしゃがんだのを見て、クスクス笑《わら》いだした。

レベッカは、ふたりを無視《むし》してパソコンの画面を指さした。最初《さいしょ》に思ったのは、ぼくはなんて写真写りが悪いんだ、ということだった。レベッカが見ていたサイトの画像にはぼくが写っていて、ぼくよりずっと大きく写っているミートボールに負けないくらいどんくさそうだったからだ。ミートボールのほうは、むっちりとした白い足をソファのはしからだらんとたらし、あごをクッションにのせ、顔はつぶれてしわくちゃだった。

目の前のサイトの意味を理解《りかい》するのに、まるまる一分かかった。

写真の上に、こんな見出しがあった。

「このブルドッグに新しい家族を！」

それで、やっと気がついた。これは、学校の掲示板《けいじばん》サイトだ！

おねえちゃんたちは、ミートボールをだれかに引きとってもらおうとしてるんだ。

ぼくは、投稿《とうこう》を読んで、ますます頭に来た。ふたりは、ぼくになりすまして、こんなことを書いていたからだ。「大きな犬のめんどうを見るのは、ぼくにはたいへんすぎてます」とか、「いい家族を見つけてやりたいッッス」とか、「日曜日までに引きとり手が見つからなかったら、保護施設《ほごしせつ》にあずけますよ。飼《か》いたい人はいそいで連絡《れんらく》くさい」とか。これを読んだらだれだって、ぼくを思いやりのない自分勝手ないやなやつだと思うだろう。おまけに、文章のまちがいが山ほどあった。それも、パソコンのチェック機能《きのう》を使えば、すぐになおせるようなまちがいばかりだ。ぼくがこんなにひどい文章をインターネットに書きこむわけがないのに！

「これを投稿《とうこう》したのは、ぼくじゃないよ。ミートボールは手ばなさない」ぼくは、きっぱりといった。あんまり頭に来ていたから、緊張《きんちょう》するのもわすれてレベッカと話していた。


手ばなすつもりはない。たぶん……。とにかく、こんな形で手ばなすのはいやだ。ぼくはつづけた。

「おねえちゃんたちのしわざだ」

「どうしてこんなことするの？　ひどいよ！」

「ふたりは、ミートボールが大きらいなんだ。ついでにいうと、ぼくのこともね」

ハイディが、レベッカのパソコンの画面をのぞきこんで口をはさんだ。

「なになに、どうした？　これが、エリックんちの犬？」

「なんでもない。おねえちゃんたちがいじわるしただけ」ぼくは、画面を手でかくした。

「ヒューヒュー。レベッカとエリック、ふたりでなにをコソコソ話してるの？

ヒューヒュー」タラが、大きな声でからかう。

ナターシャは、かわいこぶってクスクスと笑《わら》い、気を引くような目つきでパーカーを見た。

ピアリー先生が、さわぎに気づいていった。

「エリック、席《せき》にもどりなさい。タラ、しずかに」

ぼくは、いそいで席《せき》にもどった。顔が真っ赤になってるのがわかった。はずかしかったし、おこってもいた。マーシーもフェイスも、勝手にこんなことをしてひどすぎるよ！　ふたりとも、つぎはなにをたくらんでいるんだ？　家にだれもいないときを見はからって、ミートボールをだれかにあげちゃうつもりだろうか？

そんなことさせるもんか。

レベッカがメールで、おねえちゃんたちのとった写真と投稿《とうこう》した文章を送ってきた。

メッセージには、「おねえちゃんたちに負けちゃだめだよ！」と書いてあった。

ぼくは返事を打った。

「わかってる」

ひどい投稿《とうこう》をプリントアウトして、家に持ってかえった。おねえちゃんたちが帰ってきても、ぼくは部屋にとじこもっていた。ふたりを見たら、怒《いか》りでさけんでしまいそうだったし、おかあさんとトニーが帰ってくるのを待ったほうがいいと思ったからだ。

夕飯《ゆうはん》のとき、マーシーとフェイスは、イエシンダ女王みたいに勝ちほこった顔をしていた。イエシンダ女王というのは、ぼくのお気に入りのゲームに出てくる敵《てき》キャラで、ぼくが負けそうになるといつもあらわれるんだ。おねえちゃんたちがにやにやしていることに、おかあさんはまったく気づいていなかったけれど、トニーはふしぎそうにちらちらとふたりを見ていた。

ぼくは、みんながテーブルについて、ツナとブロッコリーのオーブン焼《や》きを食べはじめるまで待った。そしておねえちゃんたちが、口いっぱいにほおばったところで、ズボンのうしろポケットからプリントした紙をとりだして、テーブルの上にたたきつけた。

マーシーは、ぎょっとした顔をした。

「おかあさん、おねえちゃんたちがやったこと、見てよ」思ったより声がふるえずにすんだ。

フェイスは、あきれたように目をぐるりと回し、あんたはガキねえ、というようにため息をついた。

おかあさんは、紙に目を通すと、ミートボールみたいにおでこにしわを寄《よ》せた。

「どういうこと？　エリック、けっきょくミートボールを手ばなすの？」

「ちがうよ！　ちがうちがうちがう。ほら、やっぱりそう思うよね？　おねえちゃんたちがぼくになりすまして、勝手に学校の掲示板《けいじばん》サイトに投稿《とうこう》したんだよ。ミートボールをこの家から追いだしたくて。ぼくになんの相談もなしに！」

トニーが手をのばしていった。

「見せてごらん」

ぼくが紙をわたすと、トニーは読みながら顔をしかめた。

「チクリ魔《ま》」と、マーシー。

「ださっ」と、フェイス。

ぼくは、いいかえした。

「そっちが悪いんでしょ」

「けんかはやめなさい。それより、マーシー、フェイス。どうしてこんなことをしたの？」おかあさんがきく。

マーシーは、すぐさまあまい声に切りかえていった。

「エリックを助けてあげたかったのよー。ミートボールにすてきな家族が見つかれば、エリックも気持ちよく手ばなせるかなと思ってー。だってエリックは、ほんとうは飼《か》いたくないのよ。でも、うしろめたくていいだせないだけー」

すると、フェイスが口をはさんだ。

「さっさと手ばなせばいいじゃん。あの犬だって、べつにうちを気に入ってるわけじゃないし」

ぼくはいいかえした。

「そんなことない！　うちを気に入ってないのは、アリアドネとオデュッセウスのほうだよ。あの二ひきは、だれのことも好《す》きじゃない。おねえちゃんたちのこともね！」

マーシーとフェイスは、目をつりあげた。それに、ぼくが口答えをしたのに、そうとうびっくりしているようだ。

「アリアドネとオデュッセウスは前からいるのよ！　ここは、あの子たちのうちなの！」マーシーがどなる。

「ここは、ぼくのうちでもある！　それなのに、あのネコたちになにかされるんじゃないかって、いつもびくびくしてるんだ。ぼくは……ぼくは……」

大きく息をすいこんでつづける。

「ミートボールを飼《か》いたい」

うわー、いっちゃった。もうあとには引けない。

トニーが、口元にかすかに笑《え》みをうかべ、ナプキンを当ててかくした。

すると、フェイスがいった。

「むりだね！　もう引きとり先も見つかったし」

おかあさんが、えっ！　と声をあげた。

マーシーは、やりすぎたと思ったのか、顔を引きつらせている。

おかあさんがいった。

「知らない人と連絡《れんらく》をとるときの我が家《わがや》のルールは?」

フェイスがうつむき、テーブルの脚《あし》をける。

おかあさんはつづけた。

「その人にうちの住所を教えたりしていないでしょうね?」

マーシーは、むっつりと答えた。

「まだ返事してない。でも、ぴったりの里親だよ。荒々《あらあら》しい犬をさがしてる、っていってるから」

ぼくは、いいかえした。

「ミートボールのどこが荒々《あらあら》しいの? おっとりしてて、ひとなつっこい犬だよ。それに、ぼくは飼《か》うと決めたんだ」

だいたい荒々《あらあら》しい犬をほしがる人なんて、いやな予感しかしない。

「わたしたちの意見も聞いてよ!」マーシーは、泣《な》きおとし作戦《さくせん》に出た。「ママー、大きくてくさい犬なんて飼《か》いたくないよー! どうしてエリックが決めるの? わたしとフェイスは、飼《か》いたくないっていってるのに。二対一だよ！」

「ほんとほんと」と、フェイス。

　すると、ついにトニーが口をひらいた。

「ぼくとしては、ミートボールをおおいに気に入ってる。これで、二対二だ」

　マーシーとフェイスは、トニーを見て口をぽかんとあけた。ぼくは、おかあさんを見た。おかあさんは、フォークでブロッコリーをさし、しばらくお皿の上でくるくると回していた。それからふいに顔を上げ、ぼくとトニーにむかってにっこりと笑《わら》った。

「それなら、おかあさんを入れて二対三ね」

13

ふーっ。あのときのマーシーとフェイスほど、おこっている人は見たことがない。でも、考えてみたら皮肉だ。だって、ふたりがトニーのいうとおり、あと何日かおとなしくようすを見ていれば、ぼくはミートボールを手ばなすと決めていたかもしれない。掲示板《けいじばん》にあんな投稿《とうこう》をしたりするから、ぼくは飼《か》う決心をしたんだ。それに、どこかに引きとられたミートボールが、ぼくがむかえにくるのを待っているところを想像《そう》《ぞう》したら、たまらなかった。

でも、どっちみち飼《か》うことになっていた気もする。あいかわらず、いびきはうるさかったけれど、ミートボールのことがすっかり好きになっていたからだ。

けっきょく、ひどい投稿《とうこう》をしたせいで痛い目にあったのは、ぼくでもミートボールでもなくて、おねえちゃんたちだった。ふたりは二週間の外出禁止令《きんしれい》をくらった。放課後《ほうかご》は、バスケ部の練習以外《いがい》、家にいるよういいわたされたんだ。おねえちゃんたちは、ジョージとの約束《やくそく》がどうのこうのとまくしたてたけれど、おかあさんの決定は変《か》わらなかった。

二階にあがって部屋に入ると、ミートボールがドアのすぐそばでぼくを待っていた。ぼくたちの話に聞き耳を立てていたのかな？　目をうれしそうに見ひらき、引っくりかえりそうなほどおしりをふっている。

ぼくはしゃがんで、ミートボールのいかつい肩《かた》をだきしめた。ミートボールが、ぼくのほっぺたをベロンとなめる。

ぼくは、耳のうしろをかいてやりながらいった。

「どうやら、ぼくたち、はなれられない運命みたいだよ」

パソコンを使おうと立ちあがって、ふとあることを思いついた。いったんしめたドアを大きくあけて、ろうかと階段《かいだん》を見わたす。ミートボールは、まるで見張《みは》りをするかのように鼻をろうかにつきだして、おなかをぺたんと床《ゆか》につけ、満足《まんぞく》げにフーッと息をはいた。鼻息で、ベージュ色のカーペットの毛が波打った。

「いい子だ」ぼくは、にんまりしながらいった。

どうだ！　アリアドネもオデュッセウスも、入れるものなら入ってみろ！

あとで知ったことだけど、このときばかりは、マーシーもフェイスもじぶんの部屋のドアをしっかりしめて、とじこもっていたそうだ。ふてくされていたんだろう。まさか、またなにかたくらんでいたんじゃないよね？　夕飯《ゆうはん》であんなことがあったんだ。ふたりとも、しばらくは立ちなおれないと思う。

寝《ね》る前にトニーがやってきて、ミートボールのおなかをなでた。

ぼくは、椅子《いす》をくるりとうしろに回していった。

「ありがとう。すごくかっこよかったよ」

「エリックだって、かっこよかったぞ。ミートボールをあんなふうにかばったんだ」

「反対の立場だったら、ミートボールもぼくをかばってくれたと思うよ」

トニーは笑《わら》いだした。

「そうだな。ブルドッグは、ものすごく忠実《ちゅうじつ》な犬だから。じっさいミートボールは、エリックのことが大好きみたいだしな」

「ぼくたち、うまくいくといいな。思いえがいていた犬とは、だいぶちがうけど」

「よくあることさ。こんなことというとおどろくかもしれないが、ラブラドールのほかにも、ジャーマンシェパードを飼《か》ったことがあるんだがね、どちらにも変《へん》なところがあったぞ。ミートボールは、むしろ飼《か》いやすいほうじゃないかな」

「フガガガガー」ミートボールは、そのとおりだというように鼻を鳴らすと、ゴロンとあおむけになって、むっちりした前足でトニーをたたいた。

いつだってミートボールは、自分の気持ちに正直に行動する。ネコのいるソファをめがけて、知らない人の庭をめがけて、肩《かた》をいからせ、ただつきすすむ。その結果《けっか》、なにが起きるかなんて考えもしないんだ。

ぼくはいった。

「こいつは、ぼくよりずっと勇気《ゆうき》があるよ。見ならわないとね」

するとトニーは、顔をしかめた。

「よだれぐせは、見ならわないでくれよ」

ぼくは、にやりとした。

「ぼくのせいで、おねえちゃんたちと気まずくなっちゃったね」

トニーは、肩《かた》をすくめた。

「心配いらないさ。*WNBA《ダブルエヌビーエー》にコネがあるから、試合《しあい》のチケットを手に入れるよ。それで丸くおさまるさ」

「そっか。それならすぐ解決《かいけつ》だね」

トニーが部屋を出ていくと、ぼくはパソコンでチャットサイトにログインした。なんだかじぶんがフーディーニみたいに勇敢《ゆうかん》になった気がする。思っていることをはっきりと口にできたし、正しいことのためにがんばることもできた。ネコたちにもおねえちゃんたちにも負けなかった。

ちょうどそんなふうに気が大きくなっているときに、マルシーズーがチャットサイトにログインしているのに気づいた。

ぼくは書きこんだ。


*全米女子バスケットボール協会《きょうかい》。アメリカの女子バスケットボールのプロリーグ

やあ、レベッカ。
あしたひま？

14

でも土曜日の朝になると、勇気《ゆうき》はすっかりしぼんでいた。ゆうべ、ぼくの体をのっとって、「ミートボールとヌードルを連《つ》れて公園へ行こう」なんてメッセージを書いたのは、だれだろう。そんなことしたら、ミートボールのだらしないすがたを見せることになるだけなのに。きっとヌードルも、まったく遊ぼうとしないミートボールに、あいそをつかすだろう。

でも、もうあとには引けない。十一時にミートボールを連《つ》れてむかえにいくと約束《やくそく》してしまった。あのあとぼくは、夜おそくまでレベッカが貸《か》してくれた本を読んだ。いつもは、伝記《でんき》やノンフィクションを読むことが多いけれど、『タランと角の王』は、想像以上《そうぞういじょう》におもしろかった。思っていたより、笑《わら》える場面もあった。最後《さいご》まで読みおわらなかったけれど、話題にはできそうだ。

ミートボールを連《つ》れて一階におり、キッチンに入ると、おかあさんがパントリーを整理していた。おかあさんは、一か月に一度くらい、とつぜん食料品《しょくりょうひん》をパントリーからぜんぶ引っぱりだして床《ゆか》に広げる。でもとちゅうであきて、またぜんぶパントリーにおしこむんだ。今朝はもうあきたところらしくて、分類《ぶんるい》もなにもせずに、シリアルの箱を米やパスタの横におしこんでいる。

ぼくは、ドアノブにかけておいたリードをとりながらいった。

「ミートボールと公園に行ってくるね」

「お昼ごはんまでに帰ってこられないときは、電話してちょうだい」缶詰《かんづめ》にかこまれたおかあさんの声はくぐもって聞こえた。「おかあさんのスマホを持っていっていいわよ。テーブルの上にあるから。なにかあったら、家の電話にかけて」

「ありがとう」ぼくは、おかあさんのスマホをポケットにつっこんだ。でも、どうせ昼ごはん前にはもどってくる。ううん、十分でもどってきそうだ。レベッカがうんざりして帰ってしまうか、ぼくがおじけづいてにげだすか、どっちが先だろう……。

でも、いまさらやめるなんて、ミートボールがゆるしてくれっこない。ミートボールは、立ちどまることもあたりのにおいをかぐこともしないで、ずんずんとレベッカの家へむかった。まるで巨大《きょだい》トラックを引っぱっているみたいに、前のめりになって歩いていく。だけど、ミートボールがじっさいに引っぱっているのは、やせっぽっちのぼくだ。ぼくは、引きずられないよう足をふんばってついていったけど、スニーカーの底《そこ》が摩擦《まさつ》で火をふきそうだった。まわりからは、見えないスキー板で水上スキーをしているか、見えないそりを犬が引っぱっているように見えたんじゃないかな。

レベッカとヌードルは、ポーチに出て、キューキューと音の鳴るパンダのおもちゃで遊んでいた。ぼくらがフェンスの前で急停止《きゅうていし》すると、レベッカが気づいて手をふった。ミートボールが、フゴフゴいいながらフェンスのすきまに顔をつっこむ。

ミートボールといっしょに門のなかに入ると、レベッカがいった。

「どうぞ、家のなかに入って。ごめん、まだ準備《じゅんび》ができてないの。今朝、あれもこれもやろうと思ってたら、ハイディから電話がかかってきちゃって。ハイディったら、なんかものすごくあわてててずっとしゃべってたけど、たぶん、わたし、なんの助けにもならなかったわ。なにをいってるのか、さっぱりわからなかったんだもの」

ぼくは、レベッカのいっていることがさっぱりわからなかった。あれもこれもやろうと思ってた？　いったい、なにをしようとしてたんだろう。ハイディには、なにがあったのかな？

「入ってもいいの？　ミートボールも？　ほんとに？」

「もちろん。どうしてだめなの？　ミートボールは、いい子でしょ？」

ミートボールが、フゴ――――ッと鼻を鳴らす。レベッカは、それを「うん」と受けとったみたいだ。

家に入ると、ぼくが止める間もなくレベッカは、ミートボールのリードをはずした。

ミートボールが、稲妻《いなずま》みたいな速さで奥《おく》に走っていく。

ドスッ。ソファに飛《と》びのったような音がした。

「キャ――――ッ！」さけび声がつづいた。

「まずい！」ぼくも走りだした。ヌードルがキャンキャン鳴きながら、足元にからみついてくる。

ミートボールは、リビングの大きな青いソファの上にいた。茶色い髪《かみ》をした小さな女の子のひざに足をかけ、顔をベロベロなめている。女の子が悲鳴をあげてはらいのけようとすると、こんどはその腕《うで》をベローンとなめる。

ぼくは、かけよって首輪《くびわ》を引っぱった。

「ごめんね！　ミートボール、だめ。ミートボール、やめろってば！」

でも、ミートボールが動こうとしなかったので、はがいじめにして女の子から引きはなした。

ミートボールは、ソファの反対側《はんたいがわ》のひじかけにおしりをくっつけて伏《ふ》せをし、ハアハアとあらい息をした。にんまりと笑《わら》っているような顔だ。

「ほんとにほんとにほんとに、ごめんね」ぼくは、床《ゆか》にすわって、いつでもミートボールをつかまえられるよう手を前に出したままいった。

女の子は、しゃっくりのような声をもらしていた。ぼくは、あせった。もしかして泣《な》かせちゃった？　それとも、喘息《ぜんそく》の発作かなにかが起きちゃった？

でも、しばらくして、女の子が笑《わら》っていることに気づいた。

「おかしな犬！」女の子は、袖《そで》で顔をふきながら笑《わら》うと、また同じことをミートボールにむかっていった。「おかしな犬だね！」

レベッカが、そばの椅子《いす》にすわって、ぼくにいった。

「妹のエリザベス。みんなは、エリーってよんでる。三年生だよ」

「あっ、やあ」

「わたし、もう筆記体*が書けるんだ。それに、三けたの足し算もできるよ。算数、得意《とくい》なんだ！」

「へっ？　あっ、へえ……すごいね」

ミートボールは、床《ゆか》にすわっているぼくの肩《かた》にあごをのせ、よだれをたらした。それから起きあがり、ウッフウッフ！　と鳴き声をあげた。

エリーは、また笑《わら》っていった。

「ヌードルが近くにいるから、かっこつけてるのかな」

「うん。この前会ったときより鳴き声が低《ひく》いよ」と、レベッカ。

「ワオーン！」

「あれ？　こんなふうにほえるなんて、めずらしいな。なんでだろ」ぼくはいった。

「わかった、カーボネルにあいさつしてるのよ」レベッカは、うしろのソファのほうを目でさした。

そっちを見て、心臓《しんぞう》が止まりそうになった。コの字になったソファの反対側《はんたいがわ》の背《せ》もたれの上にネコがすわっていたんだ。一瞬《いっしゅん》、オデュッセウスかと思った。長くて黒い毛も真っ黄色の目もふわふわの耳も、そっくりで、オデュッセウスが影《かげ》のようにレベッカの家までついてきたのかと思ったほどだ。

ぼくの顔がこわばったのに気がついたのか、レベッカがいった。

「心配しないで。この子、人なつっこいから」

カーボネルは、上品なしぐさで前足を交互《こうご》にのばしてから、優雅《ゆうが》な足どりで背《せ》もたれの上をこっちに歩いてきた。ミートボールは、もぞもぞと体を動かして立ちあがり、たるんだ首をのばして、ぺちゃんこの鼻をネコの小さなピンク色の鼻にくっつけた。

＊アルファベットの文字をつなげて書く書き方

二ひきは、鼻をひくひくさせて、おたがいのにおいをかいでいる。

「えっと……このネコ、カーボネルっていうの？」と、ぼく。

レベッカの顔が、ぱっとかがやいた。

「『*黒ねこの王子カーボネル』って本、知ってる？　カーボネルは、ネコの王さまになるんだよ！　こんど、貸《か》してあげるね」

すると、エリーが得意気《とくいげ》に口をはさんだ。

「わたしも、本、だーい好《す》き。ほら、見て見て。わたしが図書館で借《か》りた本はこっちにあって、おねえちゃんのは、あっち。図書館って世界一すてきなところだよね」

そのとき、ぼくはびっくりして飛《と》びあがった。ふいにカーボネルが、背《せ》もたれの上で身をかがめ、前足でミートボールの鼻をたたいたんだ。でも、爪《つめ》は立てなかったようだ。それに、喉《のど》をゴロゴロと鳴らしている。アリアドネとオデュッセウスは、喉《のど》を鳴らすことなんかあるのかな。あったとしても、ぼくが近づくとやめるんだろう。

ミートボールは、びっくりして首をすくめ、おでこにしわを寄《よ》せてネコを見つめた。それから、ソファの上で立ちあがり、カーボネルをはさむように前足を背《せ》もたれにかけた。カーボネルが、あおむけになってミートボールのたるんだほっぺたをペシペシとたたく。

「ウッフ！」ミートボールは、鼻でネコのおなかをおした。

すると、床《ゆか》からヌードルがほえた。

「キャンキャンキャン！」なかまはずれにされて、文句《もんく》をいっているみたいだ。

それを見てレベッカは、おかしそうに笑《わら》った。

「ちょっと待っててね。すぐにもどってくるから」レベッカは、キッチンへ入っていった。

ミートボールは、ソファからドスンと飛《と》びおり、ヌードルを鼻でつついた。

カーボネルは、おれはもうじゅうぶん遊んだからいいや、というように前足をなめた。ぼくは、できるだけ平気なふりをしていたけど、ちらちらとようすを見ずにはいられなかった。いつ引っかかれるか、気が気じゃなかったんだ。

「おねえちゃんとつきあってるの？」エリーが、いきなりきいてきた。

＊魔法《まほう》をかけられている黒ねこを助けるために、十歳《さい》の女の子が黒ねことといっしょに冒険《ぼうけん》をする話

「へっ？　えっと、いや、あの、その、えっと」ぼくは、二十回くらい意味不明《いみふめい》のことばをくりかえした。

するとカーボネルが同情《どうじょう》してくれたのか、ぼくのひざに飛《と》びおりてきた。ぼくは、かたまってしまったけれど、カーボネルはくるりと回って前足でぼくのひざをつついたあと、ボールみたいに丸くなった。

「ネコがこわいの？　そんな人いるんだ。わたしは、ネコだーい好《す》き」と、エリー。

「ぼくも好《す》きさ」そう答えたけど、信じてもらえなかったと思う。オデュッセウスに似《に》ているネコを好《す》きになるのはむずかしい。それでもカーボネルの背中《せなか》をおそるおそるなでてみた。ネコの耳がピクリと動き、かすかな振動《しんどう》が指先から伝《つた》わってきた。喉《のど》を鳴らしてる！

「あまえんぼうのネコだね」と、ぼく。

「でしょー。だれにでもなつくんだ」

「うちのネコたちは、だれにもなつかないよ」

そのとき、レベッカのおとうさんのウォーターズさんが、ドアから顔を出した。

「やあ。エリックだね」

ぼくはまよった。カーボネルをひざからおろして握手《あくしゅ》をしたほうがいいのかな。すわったままだと失礼《しつれい》だろうか。でも、ウォーターズさんは、ぼくに動かないよう手ぶりで伝《つた》えながらいった。

「そのままでいいよ。わたしは、ペンキだらけだからね。公園へ行く前に、ガレージに来るよう、レベッカに伝《つた》えてくれるかい？」

「はい」ぼくとエリーの声がそろった。

ウォーターズさんは手をふってすがたを消《け》し、まもなく勝手口を出ていく音がした。入れかわりにレベッカが、ぱんぱんにふくらんだ買いもの袋《ぶくろ》を持ってもどってきた。

「それなーに？」エリーが、ふしぎそうにきく。

「エリックと公園でピクニックするの」と、レベッカ。

えっ、そうなの？

「サンドイッチをつくったんだ。エリックは、ピーナッツバターサンドが好《す》きでしょ？　ときどき学校に持ってくるよね？」

「えっ、あっ、うん。さいこう」

「よかった。わたし、これしかつくれないの！」

「パパが公園に行く前にガレージに寄《よ》って、だって」と、エリー。

「オーケー！　さあ、エリック、準備《じゅんび》はいい？」レベッカは、あいているほうの手でヌードルをすくいあげて肩《かた》にのせ、リードをつかんだ。

そんなふうにすると、ヌードルは、まるでふわふわのマフラーみたいだ。かんたんにつかまえられて、どこに置《お》いてもおとなしくしていてくれる。万が一おしりを地面にくっつけて動かなくなったとしても、ちょっと引っぱればいいだけだ。

飼《か》っているのがこんな犬だったら、いまとはぜんぜんちがう毎日になるだろう。でもこんな小さな犬は、うちのネコたちにいじめられるにちがいない。ヌードルみたいなかわいい犬が、アリアドネとオデュッセウスにいじわるされるなんて、考えただけでもかわいそうだ。その点、ミートボールはじぶんでじぶんを守ることができる。

「じゃあね、エリー」ぼくは、ミートボールにリードをつけながらいった。

エリーは、手をふってくれたけれど、もう本に鼻をつっこんでいた。

ぼくは、レベッカのあとについて勝手口からアプローチ*に出た。ガレージは、家からすこしはなれた、アプローチの奥《おく》にあった。まわりに、箱や荷物の山ができている。なかから、ハンマーやのこぎりの音が聞こえてきた。

レベッカがいった。

「パパとママが、新しい棚《たな》をつくってるの。ガレージの荷物をかたづけて、今年の冬にはちゃんと車を置《お》けるようにするんだって」

レベッカのおかあさんが、ガレージのなかから顔を見せてさけんだ。

「レベッカ、その箱の中身、ぜんぶ捨《す》てていいか確認《かくにん》してくれる？」

おかあさんが指さした先には、大きなダンボール箱があった。その横に、古い三輪《さんりん》車《しゃ》と、稲妻《いなずま》もようのシールがはってあるピンクのスケートボードもある。

「はーい」

おかあさんはレベッカの返事を聞くと、ぼくに手をふって、またガレージのなかに入っていった。

＊家の門から玄関《げんかん》へつづく道のこと

ぼくとミートボールは、レベッカのあとについてダンボール箱のところまで行った。レベッカは、ぼくにヌードルのリードをあずけ、なかをたしかめはじめた。ミートボールも、フガフガと鼻を鳴らしてダンボール箱のにおいをかいでいる。

ヌードルは、ぼくの足に前足をかけ、頭をめいっぱいそらして見あげた。ふわふわの耳が、てろんとうしろにたれている。しゃがんでなでてやると、やわらかくてまるで雲をさわっているみたいだった。ヌードルが前足でぼくの手をだきしめるようにしてきたので、あごをやさしくかいてやった。ヌードルは小さなしっぽをちぎれるほどふっている。茶色い目はまんまるだ。ヌードルとミートボールは、ぜんぜんちがうけれど、ふしぎなことに口をあけて間のぬけたような表情《ひょうじょう》をするところはそっくりだ。

ガチャガチャ。ダンボールの反対側《はんたいがわ》から音がした。

「ミートボール。なにしてるの？　だめだよ」ぼくは、リードを引っぱった。

でももちろん、そんなことでミートボールがやめるはずはない。ダンボールのはしからおしりだけが見えている。しっぽを全力でふっているから、なにかを見つけて大はしゃぎしているようだ。

と、レベッカがいった。

「だいじょうぶだよ。こわれるようなものはないから。あっ、ママ、やだ！　『ガフールの勇者《ゆうしゃ》たち』の本は捨《す》てないで。大好《だいす》きなシリーズなんだから！」

「読みおわったんじゃなかったの？」おかあさんが、ガレージのなかから返事をする。

「また読みたくなるかもしれないでしょ。友だちが借《か》りたいっていうかもしれないし」

ミートボールのおしりが、ダンボールのむこうに引っこんだ。ぼくは、ヌードルをだきあげ、うしろに回ってみた。

つぎの瞬間《しゅんかん》、口がぽかんとあいてしまった。

ミートボールが、スケートボードにのっていたんだ！

15

のっていたというより、さわっていたというほうが正確《せいかく》かもしれない。ピンク色のスケートボードに鼻をおしつけ、ボードを前後に動かしている。ぼくがだまって見ていたら、ミートボールは、かたほうの前足を板にのせて、スケートボードのまわりをしばらく歩き、もうかたほうの前足も板にのせて、むずかしい顔をした。いつものように舌《した》を帆《ほ》のようにパタパタさせながら、眉《まゆ》を寄《よ》せてなにやら考えこんでいるようだ。と、両方の前足を板にのせたまま、うしろ足で地面をけってスケートボードをおしはじめた。そして、なんとその上に飛《と》びのったんだ。スケートボードは、しばらく前に進むとゆっくり止まった。でもミートボールは、あきらめなかった。かたほうのうしろ足を下におろし、地面をけってさらにこぎはじめたんだ。

ぼくは、あわててリードをはなした。

「ウォォォオオーン！」ミートボールはおたけびをあげ、こんどは左の前足とうしろ足で地面をけった。ミートボールをのせたスケートボードは、かなりのスピードでアプローチを進んでいった。

レベッカが、かんだかい声でさけんだ。

「うそ！　パパ、ママ、見て。ミートボールが……」

ミートボールは、得意《とくい》そうな顔で、ぼくとレベッカの前をサーッと通りすぎると、ガレージの反対側《はんたいがわ》にある茂《しげ》みに頭からつっこんだ。足をばたばたさせ、おしりをはげしくふってもがいている。

レベッカのおとうさんとおかあさんがガレージから出てきて、まぶしそうに目をパチパチさせた。おとうさんはぼろ布《ぬの》で手をふき、おかあさんはジーンズについたおがくずを手ではらっている。

「ミートボールを見て！　スケートボードができるの。エリック、どうしてだまってたの？　すごいよ！」レベッカは、茂《しげ》みのそばに転がったスケートボードを指さした。

「知らなかったんだ。あいつ、スケートボードなんて見るのもはじめてだと思うんだけど」

ミートボールは、やっと茂《しげ》みから出てくると、ふしぎそうに前足で顔をこすった。

それから、あたりを見まわして、スケートボードを見つけると、引っくりかえしてまた飛《と》びのった。でもこんどは、腹《はら》ばいになって板の先っぽを前足でかかえこみ、大きな口でガリガリとかみはじめた。

「ミートボール！」ぼくは、いそいでかけより、ボードをとりあげようとした。

「べつにいいよ。あげるから。ねっ、ママ?」と、レベッカ。

「もちろん。捨《す》てようと思っていたくらいだもの」

ぼくは、ミートボールの横にしゃがんだ。

「なに、これがほしいの？　ちょうだい、っていってるの？」

ガリガリガリ。ミートボールは、板をかみながら、そうだよ、いいだろ？　というようにぼくを見あげた。

ぼくは、稲妻《いなずま》もようのシールをさわっていった。

「これ、ピンク色だけど？」

ガリガリガリ。

「そっか。これは、おまえにとってゲーム機《き》みたいなもんなんだね」

ミートボールにスケートボードを教えるのは、楽しいかもしれない。というか、つまらないわけがない！　ぼくは、ボードをひろいあげ、アプローチの上をすべらせた。

ミートボールは立ちあがり、フガフガいいながら追いかけ、板に飛《と》びのった……と思ったら、こけた。

ミートボールのきょとんとした顔を見て、レベッカがふきだす。

「そろそろ公園に行かない？　ボードは、帰りにうちにとりによればいいよ」

「そうだね」ぼくは、ミートボールのリードをひろいあげた。

ところがミートボールは、口の横から舌《した》をだらりとたらして、おしりを地面にどっしりとつけてしまった。ま、まずい。この表情《ひょうじょう》には見おぼえがある。

レベッカは、ヌードルを連《つ》れて、車道にむかって歩きだしている。追いかけようとしたけれど、もちろんミートボールは一ミリも動かなかった。ピンク色の新しいおもちゃを置《お》いていきたくないようだ。

「ミートボール、行くよ！」ぼくは、リードを強く引っぱった。

ウグググ、ウググググ、ウググググ。ミートボールのおしりは、根がはえたように動かない。リードをさらに強く引っぱってみたけれど、びくともしなかった。

レベッカが、アプローチを半分ほど行ったところでふりかえった。こっちは、まだ一歩も進んでいない。ぼくは、そばの茂《しげ》みに飛《と》びこみたくなった。どうして、こんなかっこわるいところばかり見られてしまうんだろう。

「ミートボール、おいで！」レベッカがよぶ。

ミートボールは、スケートボードをものほしそうにながめた。心の声が聞こえてくる。おいらは、これがほしいんだ。手に入れるまで、動くもんか。

「レベッカ、ごめんね。ときどきこうなっちゃうんだ」

「だいじょうぶ。わたしにまかせて」レベッカはもどってくると、ポシェットから犬用のおやつをとりだした。

ミートボールの耳がぴんっと立つ。

「エリックがあげて」レベッカは、ぼくにおやつをよこした。

「こっちにおいで」おやつをミートボールにふってみせる。

ミートボールが、ひくひくと鼻を動かして顔を近づけてくる。食いつく寸前《すんぜん》にうしろに下がると、ミートボールはかなしそうにフーッと息をはき、のそりと立ちあがってついてきた。二歩下がってひとつ、車道に出る手前でもうひとつ。

こうしてミートボールは、ぼくの手をちらちら見ながら公園までついてきた。

ぼくは心のなかでメモをとった。ミートボールと出かけるときは、おやつをわすれないこと。

ぼくは、レベッカにいった。

「先にいっておくけど、ミートボールは公園に行っても寝《ね》てばかりだよ」

レベッカは笑《わら》った。

「見てるだけで楽しいから、だいじょうぶ」

ミートボールが、ほらね、って顔でぼくを見る。

ふいに、ぼくは、じぶんがとんでもないことをしているのに気がついた。ぼくの右《みぎ》側《がわ》にはブルドッグが、左側《ひだりがわ》にはレベッカが歩いている。一週間前に、こうなるといわれても、ぜったいに信《しん》じなかっただろう。こんなことがじぶんに起きるなんて想像《そうぞう》もしていなかった。べつの世界に住む、べつのエリックになった気分。

まだレベッカにじぶんの気持ちを伝《つた》える勇気《ゆうき》はない。でも、ミートボールの助けがあれば、いつかいえるような気がする。

たしかにミートボールは、ぼくの思いえがいていたようなかっこいい犬じゃない。いびきはかくし、よだれはたらすし、貨物列車《かもつれっしゃ》みたいな音を立てて息をする。でも、ミートボールは、ぼくのことを好きみたいだし、おもしろいやつだし、なによりも勇《ゆう》気《き》をくれる。それにぼくだって、ぜんぜんカンペキじゃないんだし。

ミートボールは、フゴフゴと鼻を鳴らし、むっちりした前足をせっせと動かしながらぼくを見あげ、にんまりと笑ったような顔をした。まるで、ぼくの心が読めたみたいに。

ミートボール、おまえには最初《さいしょ》からわかっていたんだね。

ぼくたちは、ぴったりだって。

訳者《やくしゃ》あとがき

シャイな小学六年生の男の子とマイペースなブルドッグの物語、いかがでしたか？

主人公のエリックは、いじわるな双子《ふたご》の姉とたちの悪いネコたちのせいで、家ではきゅうくつな思いをしています。いっぽう学校では、好《す》きな女の子に話しかけることもできない恥《は》ずかしがり屋です。じぶんを変《か》えたくないわけではありませんが、どこかあきらめモード。

そんなエリックのもとに、ある日ブルドッグのミートボールが現《あらわ》れます。母親の働《はたら》く動物病院に置《お》きざりにされていたのです。ずっと犬を飼《か》いたいと思っていたエリックですが、ミートボールは思いえがいていた犬とはぜんぜんちがうだけでなく、エリックをたびたびトラブルにまきこみます。飼《か》ったほうがいいのか、それとも手放すべきか……エリックの心はゆれます。

物語は、エリックが、ふりまわされながらもミートボールのおかげで、家で居《い》場所《ばしょ》を手に入れ、じぶんの気持ちに正直に行動する勇気《ゆうき》を得《え》ていくようすをユーモアたっぷりに、そしてていねいにえがいています。いじわるすぎる姉たちをはじめ、エリックが思いを寄《よ》せるレベッカや、仲良《なかよ》しの男友だち（パーカー、ダニー、トロイ）、いじめっ子のエイブリー、自称《じしょう》超能力《ちょうのうりょく》者《しゃ》のケイデンス、おっちょこちょいのハイディなど、脇役《わきやく》たちもみんな生き生きとしていて、目にうかぶようです。なかでも魅力的《みりょくてき》なのは、継父《けいふ》のトニーではないでしょうか。いつもなにか別《べつ》のことを考えているようすの母親にくらべ、トニーは家庭の状況《じょうきょう》をじつによく観察《かんさつ》していて、理性的《りせいてき》かつ公正にものごとを判断《はんだん》します。ずるがしこい姉たちにだまされることなく、エリックを助けるのもトニーです。この継父《けいふ》と息子の関係《かんけい》の機微《きび》も読みどころです。

このシリーズには、第一巻《かん》『トイプードルのプリンセス?』もあります。二冊《さつ》はそれぞれ独立《どくりつ》した物語で、どちらを先に読んでも、どちらかいっぽうだけを読んでも十分楽しめますが、両方読むといろいろなつながりが発見できて、より楽しめると思います。本作で、エリックが、「ロージーは、おもしろいメールを受けとると、なぜかいつもぼくに転送してくる」とふしぎがるシーンがありますが、一巻《かん》を読んだことのある読者ならピンとくるでしょう。

作家のトゥイ・T・サザーランドは、南米のベネズエラで生まれました。パラグアイやドミニカ共和国《きょうわこく》、母親の母国ニュージーランドなどさまざまな国で育ち、現在《げんざい》は夫《おっと》とふたりの子どもと犬（ブルドッグではないようです）といっしょにアメリカで暮《く》らしています。サザーランドはペンネームをいくつか持っており、日本では、エリン・ハンターの名前で刊行《かんこう》されている「ウォリアーズ」シリーズ（小峰《こみね》書店）が有名です（エリン・ハンターは、四人の女性《じょせい》作家の合同のペンネームです）。

最後《さいご》になりましたが、この本を出版《しゅっぱん》するにあたり、一筋縄《ひとすじなわ》ではいかないブルドッグをみごとに絵にしてくださったおでゆかこさんと、わたしの訳文《やくぶん》を細かく確認《かくにん》してくださった担当編集者《たんとうへんしゅうしゃ》の高尾健士《たかおけんと》さんに心から感謝《かんしゃ》を。
そして、この本を手にとってくださったみなさんにも、現実《げんじつ》であれ想像《そうぞう》上であれ、勇気《ゆうき》をくれるペットが現《あらわ》れますように！

相良倫子《さがらみちこ》

二〇二四年十一月

【訳者】
相良倫子（さがら　みちこ）
東京都生まれ。英会話学校、国際機関を経て、翻訳家に。訳書に『犬を飼ったら、大さわぎ！１　トイプードルのプリンセス？』『飛べないハトを見つけた日から』「オリガミ・ヨーダの事件簿」シリーズ（以上、徳間書店）、『囚われのアマル』（さ・え・ら書房）、「ヒックとドラゴン」シリーズ、「マジックウッズ戦記」シリーズ（以上、小峰書店）などがある。

【犬を飼《か》ったら、大さわぎ！2　トラブルメーカーのブルドッグ？】
PET TROUBLE : BULLDOG WON'T BUDGE
トゥイ・T・サザーランド　作
相良倫子 訳　Translation © 2024 Michiko Sagara
224p, 19cm, NDC933
犬を飼ったら、大さわぎ！２　トラブルメーカーのブルドッグ？
2024年12月31日　初版発行

訳者：相良倫子
装画・扉絵：おおでゆかこ
装丁：アルビレオ
フォーマット：前田浩志・横濱順美

発行人：小宮英行
発行所：株式会社 徳間書店
〒141-8202　東京都品川区上大崎3-1-1　目黒セントラルスクエア
Tel.(03)5403-4347（児童書編集）　(049)293-5521（販売）　振替00140-0-44392番
印刷：日経印刷株式会社
製本：大口製本印刷株式会社
Published by TOKUMA SHOTEN PUBLISHING CO., LTD., Tokyo, Japan.　Printed in Japan.
徳間書店の子どもの本のホームページ　https://www.tokuma.jp/kodomonohon/

ISBN978-4-19-865924-0